Can I still be your heroine,
even though I'm your
teacher?
3
너의 선생님이라도
히로인이 될 수 있을까?
하바 라쿠토 Ill. 시오 코우지

~애니멀 메이드 카페 개점~
텐조 레이유
니시키 카구야

마유즈미 리리카
쿠호인 아키라

CONTENTS

Can I still be your heroine,even though I'm your teacher?

너의 선생님이라도
히로인이
될 수 있을까?
하바 라쿠토
Ill. 시오 코우지
3

프롤로그　말이라도 해주면 좋겠어

“다녀왔어. 유나기 군, 아직 안 자지?”

금요일 밤, 오랜만에 혼자 저녁을 먹었다. 설거지를 끝낸 후, 샤워를 마치고 나온 나는 텔레비전에서 방영하는 영화를 침대 위에서 물끄러미 바라본다. 언제 잠들어도 상관없는 상태이지만 주말을 앞둔 해방감에 젖은 채 한쪽 손에 스마트폰을 들고 시간을 때우는 중이다.

영화가 중반을 지났을 무렵, 자취방 초인종이 울렸다.

이런 시간에 나를 찾아올 사람은 한 사람뿐이다.

“텐조 씨, 다녀오셨어요? 회식이 의외로 일찍 끝났네요.”

오늘 밤에는 교직원 회식이 있으니 저녁은 준비하지 않아도 된다고 사전에 연락을 받았다.

문을 열자 선뜩한 바깥 공기가 볼을 어루만진다.

선생님이 옆집에 산다는 것을 알게 되고 비밀스러운 관계가 된 후 계절이 두 번 지났다.

길었던 여름도 물러가고 드디어 짧은 가을이 찾아왔다.

한낮 불볕더위의 찜통 같던 기온도 차츰 내려가 밤에는 살짝 으슬으슬했다.

“1차만 했어. 물 좀 마셔도 돼?”

“그건 상관없는데, 댁에 먼저 들르지 않으셔도 돼요?”

아파트로 돌아온 후, 자기 집이 아닌 옆에 사는 내 자취방으로 직행할 정도로 취한 걸까? 출근 복장에 가방을 어깨에 멘 상태다. 발그레 상기된 얼굴, 촉촉하게 젖은 눈동자에는 잠기운이 가득했다.

나사가 살짝 풀린 듯한 분위기가 되레 요염하다.

"네가 외로워할 것 같아서."

그녀는 술기운에 기대어 그러한 말씀을 하신다.

술의 힘을 빌려 평소보다 대담해지신 거겠지. 한껏 들뜬 그녀의 립서비스는 상당히 직설적이었다.

"필히 상냥하게 위로해 주시면 좋겠어요."

나도 주눅 들지 않고 당당히 요구 사항을 말했다.

취한 사람의 말을 진지하게 받아들여 봐야 소용없다. 한쪽 귀로 듣고 한쪽 귀로 흘려버렸다.

"에~ 어쩌지. 우후훗, 뭘 해주면 좋을까."

텐조 씨는 유쾌하다는 듯 내 얼굴을 들여다봤다.

날숨이 닿을 정도의 거리감. 평소보다 훨씬 가까워서 그 요염한 입술에 나도 모르게 시선을 빼앗기고 만다.

이렇게 가까이 다가오면 자연스럽게 키스할 수 있지 않을까?

그녀는 현관에서 신발을 벗고 방으로 들어오려다가 마루 끝에 걸려 넘어졌다.

정면에 서 있던 내 가슴에 필연적으로 파고들게 되었다.

좁다란 복도에 딱히 피할 곳도 없으니 하릴없이 받아줄 수밖에 없었다.

"아~ 고마워."

"덤벙거리는 건 여전하시네요."

"일부러 그런 걸 수도 있어."

"그런 것치고는 걸려 넘어지는 연기가 꽤 리얼했어요."

"걱정해 주지 않는 거야?"

"걱정되니까 받아줬죠. 다친 데는 없으세요?"

"네 덕분에 괜찮아."

품 안에 쏙 들어온 그녀는 상당히 즐거워 보였다. 체온이 오른 탓에 은은하게 풍기는 술 냄새에 섞인 그녀의 달콤한 향기가 평소보다 진동한다.

그녀에게서 전해지는 체온이나 감촉, 그 모든 것에 심장이 두근거렸다.

텐조 씨는 저항하지 않고 오히려 힘을 빼고 몸을 맡겼다.

몸이 맞닿았을 뿐인데 이성의 끈이 느슨해질 것 같았다.

"유나기 군……, 머리 많이 자랐네. 앞머리, 거추장스럽지 않아?"

손가락으로 내 머리카락을 만지작거린다.

"지금은 괜찮아요. 그런데 언제까지 이러고 있을 거예요?"

떨어지기 싫지만 신사적으로 묻는다.

"왠지 모르게 마음이 편해."

말할 때마다 그녀의 숨결이 닿아 간지럽다.

"밖에서는 이런 틈을 보이지 마세요."

"너 말고 누구한테 이러겠어."
"그럴 거라 믿어요."
"학교에서는 교사 모드를 유지하잖아. 집에서만큼은 편히 있게 해줘."
"그거 아세요? 여긴 제 자취방이거든요?"
"알아. 하지만 불이 켜져 있어서 내가 올 때까지 기다리는 줄 알았어."
윽, 반박을 못 하겠다.
텐조 씨와 제대로 이야기를 나누지 않고 잔다면 잠을 설칠 것 같았다. 그런 느낌이 들자 사실 영화도 무슨 내용이었는지 별로 기억나지 않았다.
"저야말로 텐죠 씨가 취하셔서 집을 잘못 찾아온 줄 알았어요."
"한 지붕 아래 사는 건 매한가지잖아. 아침저녁을 여기서 먹으니까 이젠 여기가 우리 집처럼 느껴진달까?"
그녀는 장난치듯 눈웃음을 짓는다.
"일단 손 씻고 입 헹구세요. 그 사이에 보리차라도 내 올 테니까."
"네~."
텐조 씨는 핀잔을 들으면서도 왠지 모르게 기분이 좋아 보였다.
옆에서 그녀를 부축하며 세면대로 향했다.
갈지자를 걸을 만큼 취한 것은 아니지만 누가 먼저랄 것도 없이 자연스럽게 그런 분위기로 흘러갔다.

몸이 닿아도 아무렇지 않은 듯 행동했으나 의식하지 말라는 것은 무리다.

나, 니시키 유나기는 엄연한 사춘기 남자다.

이성을 향한 관심이 유난히 높아지는 시기다.

텐조 씨는 내가 다니는 사립 키요고등학교의 교사이자 우리 반 담임선생님이다.

게다가 같은 아파트에 사는 이웃 주민이다. 올봄, 우연찮게 옆집에 사는 것을 알게 되어 이웃 주민으로 지내다가 영원한 사랑을 맹세한 사이가 됐다.

연인이라는 사실을 공공연히 밝히면 좋겠지만 교사와 학생 신분인 이상 이점은 비밀로 해야 한다.

서로의 장래를 위해서라도 졸업할 때까지는 이웃 협정이란 규칙을 정해 현재의 관계를 유지하려고 노력 중이다.

제1조, 이웃에 사는 사실은 두 사람만의 비밀.

제2조, 난처한 상황이 발생했을 때는 주저하지 말고 상대에게 도움을 요청함.

제3조, 평일 아침과 저녁은 니시키 유나기가 준비. 식비는 텐조 레이유가 조금 더 지출함.

제4조, 이웃 협정은 어느 한쪽이 파기를 요청하면 성립할 수 있음.

제5조, 추가 규칙이 필요할 경우에는 적당히 의논한 후에 결

정함.

제6조, 졸업 때까지 각자 연인을 만들지 말 것.

이웃 주민 이상, 연인 미만인 애매한 관계다.

그 애매함이 연애의 가장 짜릿한 부분인 동시에 성가신 부분이기도 하다.

서로의 입장상 선은 넘지 않기로 했으나 그것 이외는 딱히 금지조항을 정하지 않았다.

내 자취방이 마치 자신의 집인 듯 편히 쉬는 것이 그 증거다.

안심하고 편히 쉬는 것 자체가 나를 신뢰한다는 또 다른 표현인 셈이다.

하지만 그렇기 때문에 그녀의 부주의한 행동은 연거푸 나의 자제심과 이성을 시험한다.

조금 전과 같은 퇴근길 포옹은 애교 수준이다.

그럴 때마다 나는 표정 변화 없이 포커페이스를 가장한 채 아무 일 아니라는 듯 쿨한 태도로 대했다.

소중한 관계를 망가뜨리지 않기 위해 거짓이 필요한 경우가 있다.

"남의 속도 모르고."

나는 마음을 진정시키고 보던 영화를 마저 보려고 침대로 돌아왔다.

"차, 잘 마셨어."

보리차를 다 마신 텐조 씨는 얇은 코트를 벗더니 자연스럽게 내 침대 위에 누웠다. 딱히 허락도 구하지 않고 말이다. 슬금슬금 이동해서 내 허벅지를 베개 삼아 벤다.

"……저기, 텐조 씨?"

"왜? 유나기 군?"

"너무 가깝지 않나요?"

"어? 그런가? 여기가 가장 잘 보이고 바닥보다 편하거든."

푹신한 침대 위가 편하긴 하겠지. 하지만 냉정하게 생각해 주면 좋겠다.

아무리 그래도 여긴 남자 혼자 사는 집이다.

"긴장감이 너무 없는 거 아니에요?"

"그런가?"

선생님은 별일 아니라는 태도로 얼굴을 살짝 돌려 나를 올려다봤다.

그 동작은 연상녀이지만 왠지 애완동물 같은 사랑스러움이 느껴져서 할 말을 잃고 말았다.

그렇다. 싫지 않기 때문에 괜스레 고민스럽다.

여름 방학 동안 이런저런 일이 있었던 덕분에 나는 선생님이 짊어지고 있던 마음의 짐을 조금은 덜어드릴 수 있었다.

그 결과, 2학기가 시작된 후로 어리광을 부리는 일이 많아졌다.

……일단 조심스러워하는 표정을 짓기는 하지만 제법 자연스럽게 어리광을 부리게 됐다.

"술을 마셨을 뿐인데 그렇게까지 긴장이 풀어지다니 부럽네요."

"후훗, 너도 어른이 되면 알아. 그러니까 그때까지 꾹 참아."

"참고 있어요. 아닌 게 아니라 온통 참아야 하는 일뿐이에요."

물론 술에 국한된 이야기가 아니다.

미성년인 이상, 음주는 당연히 법에 어긋난다.

나는 성실한 남자라 공공질서와 선량한 풍속에 어긋나는 행동은 하지 않으며 항상 법률을 지킨다.

내가 가장 많이 참는 것은 텐조 레이유라는 존재 자체다.

그녀와 함께 있으면 매우 즐겁지만 동시에 고민의 원인이기도 하다.

"스트레스 많이 받겠다. 제대로 풀지 않으면 큰일 나."

텐조 씨는 밝게 대답했다.

"이게 다 누구 때문인데요……."

"나 때문이라고? 유나기 군. 내가 방해돼? 아, 혹시 다리에 쥐 났어?"

그녀가 배려하듯 머리를 들길래 나는 그녀의 머리를 손으로 살며시 원위치시켰다.

"거절할 수 없으니까 고민스러운 거예요."

"와~ 왠지 복잡할 것 같아."

술기운이 오른 선생님의 반응은 솔직담백했다.

"네, 이성의 끈이 풀리면 엄청난 일이 벌어질 테니까요."

"왠지 협박하는 것 같아. 무서워."

아닌 게 아니라 말할 때마다 일일이 나를 쳐다보지 않았으면 좋겠다. 무릎베개를 하고 있어서 얼굴의 위치가 뭐랄까 상당히 위험하다. 남자의 위험지역에 너무 가깝다. 최악의 경우, 활화산이 폭발하는 사태로 발전할지도 모른다.

만에 하나 그리 돼버리면 지금처럼 지낼 수 없게 된다.

정작 당사자인 텐조 씨가 그런 쪽으로는 지식이 없는 까닭에 그녀는 순수한 마음으로 무릎베개를 즐기고 있으니 되레 미칠 지경이었다.

하지만 괜한 말로 좋은 분위기를 망치는 것도 못할 짓이다.

그녀가 가까이 다가오면 자극을 세게 받지만 멀찍이 떨어지는 것도 못내 아쉽다.

그래서 나도 의리 있게 먼저 잠자리에 들지 않고, 그녀의 귀가를 계속 기다리고 있었다.

그러한 크고 작은 다양한 갈등으로 인해 매일 기뻐하기도 하고 괴로워하기도 한다.

어째서 텐조 씨 같은 절세미인이 순수함을 유지한 채 어른이 될 수 있었던 걸까.

이쯤 되면 세상에 다시 없을 기적이라고 말해도 된다.

나는 신께 감사하면서도 동시에 혹독한 시련에 원망 섞인 불평을 토로하고 싶어진다.

머릿속으로 쓸데없는 것들을 필사적으로 떠올리며 솟구치는 수컷의 본능을 억눌렀다.

자, 눈앞에 있는 영화에 집중하자.

"저기, 유나기 군. 이 영화가 그렇게 재미있어?"

나의 진지한 표정에 그녀의 얼굴이 텔레비전 쪽을 향했다. 아아, 허벅지 안쪽에 괜한 자극을 주지 마시라고요.

"액션이 격렬해서 자극적이죠."

"왜 그렇게 괴로워해?"

"신경 쓰지 마세요!"

아랫입술을 꽉 깨물며 대답했다.

나는 항상 이렇게 반죽임을 당하고 있다.

관능적인 여성이 나와 전혀 인연이 없는 생판 남이라면 포기할 수 있다.

지인이나 친구라면 상식을 바탕으로 자제심이 발동한다.

하지만 특별한 관계라면 이야기가 달라진다.

가장 가까이 다가가는 것을 허락한 존재이니만큼 다양한 형태로 애정을 느끼고 싶고, 느끼게 해주고 싶다.

놀랍게도 이토록 사심 없는 스킨십을 나누는 나와 텐조 씨는 정식으로 사귀는 사이가 아니다.

아직 서로 연인이라는 관계성을 말로 명확히 표현하지 않았을 뿐이다.

실질적으로는 플라토닉 교제 중이라고 해도 되겠지.

그렇지만 남들에게 절대 말할 수 없는 비밀스러운 관계다.

누군가에게 들킨다면 나와 그녀는 강제로 헤어지게 될 것이다.

그 비극이 두려워서 굳이 말로 관계를 확정하지 않고 여기까지 왔다.

"어머, 키스신이다."

텐조 씨가 읊조렸다.

영화에서는 클라이맥스를 앞두고 남녀가 입술을 포갠다. 상대의 입안까지 빨아들여 혀를 휘감는 듯한 농밀한 장면이다. 마치 뱀이 휘감는 것처럼 입을 맞추면 숨 막히지 않는 걸까.

"……유나기 군, 관심 있어?"

텐조 씨가 갑자기 물으시는 바람에 눈과 눈이 마주쳤다.

손가락 사이를 부드럽게 미끄러져 흐르는 낭창한 긴 머리카락, 아름다운 형태의 눈썹, 꽃잎으로 장식한 듯한 커다란 눈동자는 빨려 들어갈 것만 같다. 곧게 뻗은 콧대, 자그마한 입술, 말랑말랑할 것 같은 볼, 앙증맞은 귀, 샤프한 브이라인까지. 신이 빚은 조형미에 나는 순순히 매료되어 버렸다.

이미 몇 번이나 봤지만 그때마다 마음을 빼앗긴다.

"하지만 안 돼."

텐조 씨는 떠보는 듯한 시선으로 쳐다보면서 손가락 끝으로 내 입술을 살짝 눌렀다.

내가 아무 말도 못 하는 사이 선수를 쳤다.

손가락 끝의 서늘한 감각.

나도 모르게 약이 올라 텐조 씨의 가느다란 손가락을 가볍게 앙 깨물었다.

"어머?! 뭐 하는 짓이야?!"

텐조 씨는 황급히 팔을 빼며 침대에서 물러섰다.

"손끝이 축축하잖아. 지지하게~."

그녀는 머리맡에 있는 티슈로 서둘러 닦았다.

"그쪽이 이상한 행동을 하니까 그렇죠."

"재미로 그런 거잖아."

반성의 기미가 전혀 없다.

"……텐조 씨, 저를 놀리는 게 재미있으신가 봐요."

"응, 엄청 재밌어."

그녀는 태양처럼 환한 미소를 지었다.

"교육자로서 해서는 안 될 행동이에요."

"친한 사람끼리 장난 좀 친 것 가지고 뭘 그래."

"우왓! 연상녀에게 완전히 농락당했어. 이러다가 변태 성향이 생기면 어쩌지."

"딱히 곤란한 것도 없으면서."

텐조 씨는 서슴없이 말씀하신다.

그 거침없는 태도에 이번에는 내가 놀랄 차례였다.

"왜요?"

"그야 네 파트너는 나니까 무슨 일이 있어도 책임지고 최선을 다해 대할 거야. 그러니 안심해도 돼."

텐조 레이유의 기질적으로 강한 책임감이 발동했다.

너무나도 씩씩한 발언에 오히려 내 가슴이 두근거렸다.

"아아, 이렇게 조련되어 가는구나……."

실감한다.

평범한 일상의 대화 속에서 마음을 확실히 빼앗기는 순간이 몇 번이나 있기에 내 마음은 도무지 그녀에게서 멀어질 수 없다.

"조련이라니, 왠지 야한 표현처럼 들려."

방어적인 자세를 취하셨다.

"왠지가 아니에요. 텐조 씨가 저의 어떤 요구에도 응해주시겠다는 선언에 가슴이 터질 것 같거든요."

나도 그런 걸 기대하고 있다고 뻔뻔하게 응수했다.

"그, 그런 뜻이 아니었어!"

"네? 아니었어요?"

"무슨 일이든 절도가 중요해!"

"알겠어요. 그럼, 절도를 지켜서 가능한 한 솔직하게 욕구를 표현하도록 하죠. 졸업 후를 기대해 주세요."

"뭘 기대하란 건데?!"

"그야 뭐, 눈앞이 빙글빙글 도는 미지의 세계로 안내할게요."

악의 없는 스킨십으로 고문하는 것이 괘씸해서 나도 이렇게 말장난으로 저항했다.

"뭘 할 건데?"

"남자의 욕망을 다 해소할 때까지 같이 있어 주셔야 해요."

일본어는 참 편리하다. 중요한 목적어를 얼버무린 상태로 비유를 활용하면 명확하게 말하지 않아도 의미심장한 표현이 된다.

텐조 씨는 에둘러 표현한 내 말의 의미를 이해하더니 몸을 일으켰다.

"윽~?! 오늘은 이만 갈래! 잘 자!"

전세가 불리해진 그녀는 황급히 짐을 챙겨 댁으로 돌아가셨다.

취한 상태라고 말할 수 없을 정도로 움직임이 민첩하다. 마치 조금 전까지 침대 위에서 애교를 부렸던 게 연기가 아닌지 의심스러워진다.

영화가 끝난 모양인지 광고가 나오고 있었다. 무슨 내용이었는지 당최 기억나지 않는다.

다시 홀로 남은 방 한가운데 우두커니 선 채로 괴로워한다.

"젠장, 너무 귀여운 거 아니냐고. 연상이라고 해도 아무도 안 믿을 거야."

흘러넘치는 감정을 주체하지 못하고 입술을 실룩거리는 바람에 보는 사람이 없는데도 입을 감췄다. 너무 좋아 화가 난 나머지 인내의 반동을 발산하는 것처럼 발을 동동 구른다.

"아~ 완전히 빠졌네, 빠졌어. 젠장, 이길 승산이 전혀 안 보여."

니시키 유나기는 텐조 레이유를 사랑한다.

소년이 연상의 여성을 동경하는 사춘기 시절의 풋풋한 체험만으로 끝낼 수 없다.

진지하기 때문에 마음만을 앞세울 수 없었다.

"빨리 어른이 되고 싶다."

천장의 전등을 올려다보며 작게 중얼거렸다.

고등학교를 졸업하려면 아직 1년 남짓 남았다. 그 시간이 나에게는 막막하리만치 길게 느껴진다.

나는 선생님이 좋다.

손을 잡고 싶다. 지금 당장 껴안고 싶다. 키스하고 싶다. 그 이상의 것을 해보고 싶다.

이렇게 원시적이고 순수한 본능이 이성을 마비시키려고 머릿속에서 속삭인다.

본능과 이성 중 어느 한쪽이 일그러지면 사랑은 필시 망가져 버린다.

나와 텐조 씨의 모호한 관계가 그것을 통감하게 한다.

아직 어른들의 육체관계도 불가능하고, 그렇다고 아이들처럼 장난만으로는 만족할 수 없다.

"……말이라도 해주면 좋을 텐데."

이토록 친밀한 관계임에도 불구하고 나는 텐조 씨에게 「좋아해」라는 말을 한 번도 들은 적이 없다.

물론 태도나 눈빛을 통해 나를 향한 호의는 느껴진다.

그렇기에 나는 영원한 사랑을 맹세했다.

그래도 좋아한다고 확실히 말해주면 좋겠다는 마음이 사라지지 않는다.

나는 내가 사리 분별을 할 줄 아는 사람이라고 생각했는데 이런 소녀 감성이 있다는 사실이 놀라울 따름이다.

도무지 부끄러워서 텐조 씨에게는 말할 수 없다.

그녀에게 내 입으로 좋아한다는 말을 해달라고 요구하는 것은 묘하게 위화감이 느껴졌다.

말을 꺼내지 못하는 이유는 텐조 씨에게도 있다.

그녀는 교사라는 입장상, 미성년인 나에게 명확히 표현하는 것을 의식적으로 피하고 있었다.

구석구석에서 스며 나오는 호의와 악의 없이 친근한 태도와는 정반대로 곧 죽어도 좋아한다는 말은 그녀의 입에서 나오지 않는다.

왠지 애매한 상황으로 도망치는 것 같다.

우리 관계를 대외적으로 말할 수 없는 이상, 그 심정이나 태도는 이해할 수 있다.

하지만 좋아한다는 말을 그녀에게 직접 듣고 싶은 것은 역시나 내 욕심일까.

제1장 너무 좋아하는 것도 문제

"있잖아, 니시키. 혹시 쿠호인이랑 사귀니?"

평일 점심시간, 평소에 그다지 교류가 없는 같은 반 여학생들이 내게 말을 걸었다.

"……그런 가짜 뉴스는 어디서 들은 거야?"

나는 밥을 먹던 손을 멈추고 정색한 얼굴로 되받아쳤다.

"어? 아니구나. 난 너희가 당연히 사귀는 줄 알았어."

그 아이는 내 대답에 상당히 실망한 눈치였다.

"대체 어딜 어떻게 봐야 그런 식으로 착각할 수 있는 거야?"

"지금도 같이 점심 먹잖아."

내 옆자리에 앉아 있는 쿠호인 아키라는 이쪽 대화에는 전혀 관심 없다는 듯 묵묵히 밥을 먹는 중이다. 그 흔들림 없는 태도에는 묘한 위압감이 있었다.

5월 중순 무렵부터 아키라와 같이 점심을 먹기 시작했다.

창가 자리인 아키라는 최근 도를 넘은 폭염의 햇빛으로부터 도망치듯 내 자리 근처로 합류했다. 골든위크 때 의붓여동생(여동생)의 일로 신세 진 것도 있고 딱히 거절할 이유도 없었다. 중간고사 전에 밥을 먹으면서 서로의 취약한 과목을 가르쳐주는 사이에 이 스타일이 그대로 정착됐고 2학기가 된 지금까지 이어지고 있었다.

"완전히 오해하고 있는 것 같네. 쿠호인, 네가 말해줘."

나는 아키라에게 화제를 토스한다.

"난 그냥 루틴을 지키는 것뿐이야. 습관이 무너지면 불안한 성격이라서."

간결한 대답이었다.

루틴을 중요시하는 점이 운동선수 출신답다.

다른 사람의 의견에 휘둘리지 않는 굳은 심지야말로 시합에서 이기는 비결이겠지.

객관적으로 봤을 때 쿠호인 아키라라는 소녀는 같은 10대들에게도 주목받는 스타성이 있다. 이너컬러 염색을 한 화려한 헤어스타일이 잘 어울리고 예쁘장하면서도 기가 세 보이는 외모에 스타일도 좋다. 육상부 시절에 제대로 단련한 탄력 있는 팔다리에 보드라운 살집이 적당히 붙어 매력적으로 보이리라. 반에서도 남녀를 불문하고 급이 다른 고고한 존재로 여겼다.

"하지만 너희는 1학기 때부터 매일 같이 등교했잖아. 쿠호인이 친하게 지내는 남자는 니시키 너밖에 없어. 쿠호인이 여러 남학생한테 고백받아도 거절한 건 네가 남자 친구라서—."

"그냥 같은 반 친구라니까."

말을 자르듯 부정했다.

나는 아침에 잘 일어나지 못하는 아키라를 깨우려고 매일 아침 모닝콜을 해주었다. 그 후 늦지 않게 등교하는지 감시할 겸 역에서 대기한 결과, 아침마다 같이 등교했을 뿐이다.

"그건 친하니까 가능한 거 아니야?"

여학생들이 물고 늘어졌다.

"연애 감정이 없어도 말이 잘 통하는 이성 친구쯤은 있잖아."

"뭐? 난 좋아하는 남자애하고만 말하고 싶은데."

그 여자아이는 피도 눈물도 없는 말을 태연히 내뱉었다.

현세는 지옥이구나.

여고생이란 얼마나 무자비하고 잔혹한 생명체란 말인가. 관심 없는 남자는 그야말로 투명한 존재와 다를 바 없다. 평상시 이렇게 한쪽으로 치우친 색안경 너머로 나를 본다고 생각하니 마음이 위축된다. 사춘기의 섬세한 마음에 아무렇지 않게 패배자 의식을 심어주니 이보다 큰 죄가 또 있을까.

"함부로 말하지 말아 줄래? 진짜 열받거든."

아키라가 한번 노려봤을 뿐인데 여학생들은 거미 새끼가 흩어지듯 내 주변을 떠났다.

동성들에게도 가차 없다.

"위협사격 땡큐. 하지만 너무 세게 나가면 애들한테 미움받아."

"해볼 테면 해보라지."

"아키라는 참 강해."

"억측으로 이런저런 말을 듣는 게 싫을 뿐이야."

"그야 그렇지만."

잘 모르는 사람들이 말도 안 되는 소문으로 입방아를 찧는 것은 그리 기분 좋은 일이 아니다. 하물며 사실도 아닌데 진실을 확인하려고 저런 식으로 돌격했다.

“저런 애들은 진지하게 상대할 필요 없어.”

아키라는 냉담하게 중얼거렸다.

“하지만 같은 반인데 대놓고 무시할 수도 없잖아.”

“넌 사람이 너무 좋아.”

“무더위도 한풀 꺾였으니, 예전처럼 창가 자리에서 점심을 먹으면 되잖아. 그러면 아까처럼 오해받을 일도 없는데.”

“뭐든지 연애로 엮으려는 게 이상한 거야. 머리가 꽃밭이라니까.”

“절대 본인 앞에서는 말하지 마.”

에둘러 말하는 법을 배웠으면 좋겠다. 뭐든 생각나는 대로 거침없이 말해버리면 적이 무한대로 늘어난다.

“니시키는 틀에 맞춰진 대로 사는 법밖에 모르는구나.”

“상식적인 것뿐이야.”

“간이 콩알만 한 시시한 남자네.”

“남자의 자존심을 짓뭉개면 재밌냐?”

“사실이잖아.”

“너랑 달리 나는 다른 사람을 배려할 줄 아는 거야!”

“나에 대한 배려가 가장 부족해.”

“입이 삐뚤어져도 말은 바로 하자!”

아키라는 나의 화를 돋우는 것을 즐기는 구석이 있어서 단어 선택을 함부로 한다.

"아! 닛키랑 아키아키가 또 부부싸움을 하네! 금슬이 참 좋아."

나와 아키라의 말다툼을 중재하듯 난데없이 나타난 마유즈미 리리카가 얼굴을 내밀었다. 그 목소리는 반 전체에 울릴 만큼 컸다.

검은 머리카락을 양 갈래로 묶고 보라색으로 이너컬러 염색을 한 이 소녀는 액세서리, 피어스, 네일아트까지 멋 부리기에 진심이다. 체구는 작아도 천성적으로 밝은 성격이라 어디에 있어도 눈에 띈다. 학교 전체에 다양한 부류의 친구가 있는 마당발이며 친화력이 뛰어나 쌀쌀맞은 아키라와도 스스럼없이 대화가 가능한 인재였다.

"누구더러 부부래."

"어머, 사랑싸움을 방해했나? 그랬다면 미안해."

"어딜 봐서 사랑싸움인데?!"

아키라가 고함을 지른다. 역시 아키라를 상대할 수 있는 사람은 마유즈미뿐이다.

"어? 저 두 사람, 늘 같이 있네? 혹시 사귀는 거 아닐까……? 그런 신빙성이 자연스럽게 생겼대."

마유즈미가 제삼자의 시선을 대변했다.

"오지랖도 정도껏 해야지."

"예쁘게 생긴 아키아키는 혼자 있는 걸 좋아하면서 닛키와는 친하게 지내니까 괜히 더 눈에 띄는 거야. 아니 땐 굴뚝에 연기가 나겠어?"

"이 반에는 한가한 사람뿐이야?"

"다들 연애에 관심이 많아서 그래."

"난 관심 없어!"

아키라는 힘주어 단언했다.

"그래? 괜히 부끄러워 그러는 건 아니고?"

"누구한테?"

아키라는 차가운 태도를 보이며 진지하게 상대하지 않았다.

마유즈미는 능글맞게 눈웃음을 지으며 어째서인지 나를 쳐다봤다.

"아키아키는 닛키를 어떻게 생각하는데?"

"벽 이상, 공기 미만."

아키라다운 쌀쌀맞은 대답에 실소를 흘린다.

"나는 있으나 마나 한 존재였어?"

벽은 시야에 들어와도 평소에는 의식하지 않거니와 공기는 아예 보이지도 않는다. 거의 투명 인간 취급을 받고 있잖아. 역시 관심이 없는 남자는 투명한 존재인 모양이다.

"주변 사람들 눈에는 내가 혼자 중얼거리는 것처럼 보이지 않을까? 이상한 사람으로 오해받으면 곤란한데."

"이노옴!"

아키라의 천연덕스러운 연기에 짜증이 났다.

"아쉬워서 어쩌나. 난 놈이 아니라 여자거든?"

아키라는 이때다 싶은 기세로 재밌다는 듯 말꼬투리를 잡고 늘어졌다.

"아키아키. 편하게 농담을 주고받을 수 있는 이성은 아주 귀해."

마유즈미가 웬일로 자비가 가득한 시선으로 바라봤다.

"니시키는 심심풀이로 딱 좋아."

"하지만 공기가 없으면 죽잖아."

마유즈미는 조금 전 아키라가 했던 발언을 다시 꺼내며 의미심장하게 되받아쳤다.

"그건 인간이라면 누구나 그렇잖아."

아키라는 말싸움에서 졌다는 사실을 인정할 수 없는 모양이다.

말싸움에서 마유즈미 리리카를 이길 수 있는 사람은 없나 보다.

"그럼, **공기**를 읽고 물러날게. 둘이서 실컷 걸즈 토크나 해."

나는 마침 밥도 다 먹은 참이라 책상 위를 정돈했다.

"혼자 도망치지 마!"

아키라는 내 교복을 붙잡았다.

"내가 배려하고 있는 거 안 보여? 이러니까 사람한테 벽이 어쩌고, 공기가 어쩌고라고 할 수 있는 거야."

"나 혼자 연애 스위치가 켜진 리리카를 상대하게 하지 마!"

"연애 이야기는 여자들의 전매특허잖아."

"이런 화제가 제일 거북해!"

의외로 순수한 구석이 있다.

"내가 있어봤자 별 도움 안 돼."

"방파제 정도는 되잖아."

"역시 벽이랑 다를 게 없잖아."

"의지하고 있으니까 고맙게 생각하라고."

"고맙긴 뭐가 고마워! 그나저나 손이나 떼. 교복 늘어나!"

나와 아키라가 아웅다웅하고 있으니, 마유즈미가 더는 못 참겠는지 소리를 지른다.

"아~ 뭐야! 친하다고 자랑해? 청춘이 너무 달콤해서 이가 썩겠어."

"왜 리리카가 화를 내?"

"감질나서 미칠 것 같으니까!"

"안 보면 되잖아."

"리리카가 아키아키를 무시할 수 있을 리 없잖아!"

양 갈래로 묶은 머리가 하늘을 향해 솟구칠 기세로 발을 동동 굴렀다.

마유즈미의 격렬한 움직임에 맞추어 양 갈래머리가 통통 튄다.

"사귀는 것 같다는 헛소문을 퍼뜨린 사람을 찾아내면 가만두지 않을 거야."

아키라의 눈빛은 진심이었다.

"사실, 리리카가 소문낸 건데!"

눈앞에 있던 진범이 당당히 자백했다. 그 뻔뻔함에 경의를 표하는 바다.

"리리카!"

"꺄악~ 무서워! 닛키, 나 좀 살려줘!"

마유즈미는 내 뒤로 숨더니 나를 방패 삼았다.

이 두 사람은 주변 사람들이 섬뜩함을 느낄 정도로 살벌하게 말다툼해도 휴일에 같이 놀러 갈 정도로 사이가 좋다. 그만큼 허물없는 사이겠지. 여자의 우정은 남자가 이해하기 벅차다.

"아키아키, 곧 문화제야! 이벤트는 사람을 대담하게 만드는 법이니까 넋 놓고 있다간 닛키와 다른 여자아이가 급속도로 가까워질지도 몰라."

나와 아키라는 질렸다는 표정으로 서로 마주 봤다.

"어머어머, 가볍게 생각하면 안 돼. 문화제 매직은 기적을 일으킨대."

"분위기에 취한 나머지 사리 분별을 못 해서 그런 거잖아."

아키라의 반격은 너무 직설적이다.

"하지만 육상부를 그만둔 지 1년이나 지났잖아. 푹 빠질만한 뭔가를 찾아야 해. 그런 뜻에서 가벼운 마음으로 애인을 만들어보는 건 어때?"

아아, 아키라는 2차 함수적인 예리한 분위기를 점점 증폭시킨다.

"연애 타이밍이나 페이스는 사람마다 다르지 않아?"

차마 보다 못한 내가 한술 거들었다.

"그거야! 니시키, 가끔 옳은 소리도 하는구나."

"리리카가 보기에는 그렇게 말하는 닛키야말로 반한 사람에게는 정열적인 타입일 것 같아."

날 정확히 파악하고 있다.

텐조 레이유가 옆집에 산다는 걸 알고 난 후의 내 행동을 돌이켜보면, 내가 생각해도 적극적으로 움직였던 것 같다.

"남자의 정열은 태반이 성욕이잖아."

아키라는 노골적으로 말했다.

"저기요. 여자에게 익숙하지 않은 사람은 이성을 유혹할 때 본능에 기인한 파워가 필요한 법이거든요."

나는 남자의 섬세한 감정에 대해 나도 모르게 자기변호를 해버렸다.

"사실이 아니야."

"아키아키, 그걸 폭로하는 건 촌스러운 짓이야. 로맨스가 물거품이 되잖아! 사랑의 마법이 단숨에 악취를 풍기는 건 왠지 기분 나빠!"

"알 게 뭐야. 이기적인 사정으로 피해를 보는 건 이쪽이거든."

"그렇게 접근하면 세상의 어떤 연애도 성립할 수 없어."

내 머리 위에서 서로 다른 연애관을 두고 말다툼이 펼쳐진다. 다른 곳에서 해주면 좋겠다.

"애초에 연애라는 건 상대로 인해 일일이 일희일우해서 피곤할 뿐이야."

이제 그만 이야기를 끝내자는 듯 아키라는 자리에서 일어섰다.

마유즈미는 그 뒷모습을 향해 도발의 강도를 한층 더 높인다.

"—아키아키, 겁나?"

"뭐어?"

뒤를 돌아본 쿠호인 아키라의 눈빛은 진심으로 살벌했다.

날카로운 나이프 같은 시선으로 노려봐도 마유즈미 리리카는 여유 가득한 미소를 짓고 있었다.

이 두 사람의 관계는 도무지 이해가 안 된다.

"아키아키, 인기 좀 많다고 배부른 소리 하지 마. 아니면 불만을 말하면서 도와달라고 어필하는 거야? 그것도 아니면 그냥 자랑하는 거야?"

마유즈미가 사람의 신경을 건드리는 기술은 급이 다르다. 아키라가 화를 낼 것 같은 단어를 정확히 선택했다.

"그럴 리 없잖아."

"그럼 진지하게 해결책을 알려줄게."

"재밌네. 들어볼까?"

"얼른 남친을 만들어. 아키아키라면 누가 고백했을 때 적당히 OK 하면 썰물 빠지듯 조용해질 거야."

화제가 다시 돌아왔다.

마유즈미는 아키라에게 어지간히 남자 친구를 만들어주고 싶은 모양이다.

어느 정도 효과는 있을 것 같지만 방법이 너무 단순하다.

"뭐가 OK라는 거야! 왜 좋아하지도 않는 사람이랑 사귀어야 하는 건데!"

아키라는 말도 안 된다는 듯 몸을 옆으로 돌렸다.

"어머, 아키아키. 순정파네."

"정상적인 사고방식일 뿐이야."

"사귄 후에 좋아하는 마음이 생길 수도 있어~. 시험 삼아 사귀어보면 돼. 온라인 앱도 1개월 무료 체험이라는 게 있잖아? 마음에 들면 계속 사귀면 되고. 심플해!"

"각하. 연인의 최소 조건은 내가 좋아하는 사람이어야 해. 이상!"

아키라는 제대로 상대조차 하지 않는다.

사람의 수만큼, 연애 방식도 관점도 다르다.

누군가를 어디서 어떤 식으로 좋아하게 되는지는 사람에 따라 타이밍이나 이유가 가지각색이다.

오히려 자신을 숨긴 채 세상의 상식에 구겨 넣으려고 하니까 연애로 인해 상처를 받거나 마음의 병이 생기는 게 아닐까?

선생님을 연모하는 남자로서 최근에는 그러한 경지에 이르렀다.

"지금까지 고백받은 남자 중에 없었을 뿐이잖아?"

마유즈미가 곧장 되받아치는 바람에 아키라의 눈빛이 한층 더 험악해졌다.

"아는 척 말하지 마."

마유즈미는 지뢰 찾기 같은 이런 대화를 잘도 이어간다. 난 수명이 줄어드는 것 같은데…….

"쭉 응원했으니까. 리리카는 잘 알아."

마유즈미는 아키라의 날카로운 시선은 안중에도 없다는 듯 생긋 웃었다.

짓누르는 것 같은 침묵이 낮게 깔렸다.

더는 밥 먹을 분위기가 아니다.

지금 당장 이곳을 벗어나고 싶지만 안타깝게도 여긴 내 자리다.

그때 흡사 시합 종료를 알리는 벨 소리처럼 수업 종이 울렸다. 점심시간은 끝났다.

자, 둘 다 자기 자리(코너)로 돌아가 줘.

그렇지 않으면 내가 숨 막혀 죽을 것 같아!

사람 살려!

"자, 다들 자리에 앉아. 오늘도 재밌는 일본사 수업을 시작— 어? 어머?"

때마침 5교시 일본사 수업을 하러 오신 텐조 선생님이 교실에 나타났다.

내 구원의 여신은 역시 이 사람밖에 없다.

쿠호인 아키라와 마유즈미 리리카 사이의 긴장감은 이미 교실 안에 쫙 깔린 상태라 반 아이들은 언젠가부터 숨죽인 채 지켜보고 있었다.

텐조 선생님은 이상 징후를 감지하고 그 근원지가 교탁 앞에 있는 두 사람이라는 사실에 놀란 눈치였다.

'무슨 일이야?'

선생님은 중간에 끼어 난처한 나에게 눈짓으로 묻는다.

'일단 좀 구해주세요.'

나는 대답 대신 눈빛으로 SOS를 요청했다.

"자, 수업 시작했으니까 둘 다 자리로 돌아가."

텐조 선생님은 교단에 서시더니 조금 전과 비슷한 대사를 이번에는 딱딱한 어조로 말씀하시며 타일렀다.

"어디까지나 해결책 중 한 가지야. 잘 기억해 둬☆."

마유즈미가 먼저 자기 자리로 돌아갔다.

"쿠호인 양."

텐조 선생님의 재촉에 아키라도 마지못해 창가에 있는 자기 자리로 돌아갔다.

"니시키 군, 재네 친한 거 아니었어?"

선생님은 내막을 확인하려고 내게 물으신다.

"저도 뭐가 뭔지 잘 모르겠어요. 시작은 연애관의 견해 차이였는데 어느새 저렇게 살벌해졌네요."

"그야 뭐, 여자애들이니까."

단적으로 설명하자 텐조 선생님은 어째서인지 이해한다는 눈치다.

"선생님도 연애관이 달라서 다툰 적 있으세요?"

"조언을 듣다가 열받은 적은 자주 있지."

"아, 네."

동성 친구와 대화하는 모습을 본 적이 없어서 상상이 잘 안 된다.

"친하니까 걱정돼서 하는 말이라는 건 알지만 말이야. 자, 수업하자!"

텐조 선생님은 교실을 쭉 훑어보셨다.

"투표 결과, 이번 문화제 때 2학년 C반은 애니멀 메이드 카페를 하게 됐어! 그럼, 마지막으로 리리카가 리더로서 한마디 할게!"

5교시 일본사 수업 후, 곧바로 6교시 학급 회의에서는 문화제 때 무엇을 할 것인지 토의했다.

가장 먼저 반 차원에서 일일 매점 형태의 가게를 운영할 것인지 말 것인지를 논의했는데, 이것은 찬성이 다수였다. 이어진 리더 선출에서는 입후보한 마유즈미가 만장일치로 뽑혔다. 그 후 일일 매점의 콘셉트를 두고 의견을 나눈 결과, 평범한 메이드 카페는 시시하다는 분위여서 여학우들이 각자 좋아하는 동물 머리띠를 장착하는 요소를 플러스한 애니멀 메이드 카페라는 독자노선을 실행하기로 했다.

온라인 쇼핑몰을 검색하면 의외로 다양한 종류의 머리띠를 판매하는 모양이다.

아이디어 한번 기가 막힌다.

"내년에는 수험생이니까 맘껏 즐길 수 있는 건 올해가 마지막일지도 몰라. 모처럼 축제니까 신나게 즐기는 게 남는 거야! 고교 시절 중 가장 기억에 남는 추억이 되도록 다들 힘을 모아 줘! 최고의 문화제를 만들어보자!"

마유즈미의 소신 표명에 반은 일치단결했다.

박수를 보내면서 마유즈미가 사람의 마음을 장악하는 기술이 대단한 것 같아 감탄했다.

마유즈미에게는 누구나 자연스럽게 마음의 문을 연다.

"그럼, 오늘은 여기까지. 인사하자."

전달 사항을 끝으로 오늘 수업이 종료되었다.

반 전체에 해방감이 술렁이며 퍼진다.

그러는 와중에 텐조 선생님의 시선이 순간 눈앞에 앉아 있는 나를 향했다.

눈과 눈이 마주친다. 말은 없다. 그것만으로도 행복하다.

그 소소한 기쁨을 누릴 틈도 없이 다른 학생들이 텐조 선생님을 에워쌌다.

선생님은 아쉬운 표정을 지었지만 다른 학생들에게 들키지 않고 교사의 얼굴로 돌아갔다.

어쩔 수 없다. 인기 많은 교사가 다 그렇지 뭐.

나는 이미 익숙하다.

"선생님도 단체복을 사실 거죠? 선생님께서 같이 입어주시면 확실히 텐션이 오르니까요."

"이왕 이렇게 된 거 선생님도 메이드복을 입으시는 게 어때요? 분명히 잘 어울리실 거예요.”

“맞아요, 맞아. 선생님 옷은 저희가 모금해서 선물할 테니까 사이즈를 알려주세요.”

몰려든 여학생들이 멋진 제안을 하는 것 같아 귀를 쫑긋 세웠다.

텐조 선생님이 메이드복을 입는다고?!

볼 수만 있다면 꼭 보고 싶다.

『주인님♡』

연상의 여성이 메이드가 되어 시중드는 장면을 상상만 해도 텐션이 오른다.

안 돼. 요즘엔 망상의 질이 좋은 뜻에서 악화되는군.

매일 참다 보니 이렇게 된 걸까.

“니시키도 그렇게 생각하지?”

“응, 보고 싶어!”

갑자기 질문을 받는 바람에 나는 일말의 망설임도 없이 대답해 버리고 말았다.

너무 빨리 대답하는 바람에 선생님도 여학생들도 순간 멈칫했지만 곧이어 박장대소했다.

“니시키 군, 코스튬 플레이를 좋아하는구나. 좀 의외네.”

으앗, 욕망에 이끌려 대답해 버리고 말았어. 창피해!

“쿠호인, 잠시 할 이야기가 있는데 나와 줄래?”

옆 반 남학생이 우리 반 교실로 들어오더니 곧장 아키라에게 다가갔다.

시선이 일제히 쏠려도 남학생은 산뜻한 미소를 유지했다. 신뢰가 느껴지는 동작으로 주저 없이 아키라의 책상 앞에 섰다.

"집에 갈 건데."

아키라는 노골적으로 귀찮다는 표정을 지었다.

"금방 끝나. 괜찮다면 자리를 옮겨도 될까?"

남학생은 아키라의 무뚝뚝한 반응을 예상했는지 그 정도로는 주눅이 들지 않는다.

교실에 남아 있던 모두가 고백의 기운을 감지한 터라 꿈쩍도 하지 않고 귀를 기울이고 있었다.

부자연스러운 침묵 속에 두 사람의 대화만이 도드라진다.

어설프게 움직였다간 눈에 띌 것 같아서 나도 모르게 얼음 모드다.

"용건이 있으면 여기서 말해. 그렇지 않으면 갈래."

대답을 듣기도 전에 아키라는 가방을 메고 자리에서 일어섰다.

보통 남들 앞에서 고백하는 것은 여러모로 압박이 심해 다들 피하는 분위기였다.

고백 분위기가 만들어지든 말든 아키라는 휘둘리지 않는다. 상대를 찍소리 못하게 만드는 박력으로 한시라도 빨리 이 자리를 벗어나려고 했다.

일반적으로 고백받는 대상이 그러한 태도를 보이면 고백 성공률은 뚝 떨어지기 마련이다.

대다수의 남자는 아키라의 박력에 얌전히 꼬리를 내렸다.

“알겠어. 그럼 여기서 말할게.”

하지만 이 남학생은 물러서지 않았다.

보아하니 옷차림도 말쑥하고 여자에게 익숙한 분위기가 느껴진다. 아무래도 잘나가는 그룹에 속한 모양인지 다른 반 아이들이 복도에서 남학생의 고백을 지켜보고 있었다.

“쿠호인, 네가 좋아. 나랑 사귀자.”

남학생은 머뭇거리지 않고 호감을 전달했다.

나도 모르게 텐조 선생님의 옆모습을 훔쳐봤다.

거기에는 남들의 시선을 의식하지 않고 교실에서 대담하게 고백하는 상황에 놀란 표정이 그대로 드러나 있었다.

교실 여기저기에서 꺅! 하는 여학생들의 흥분한 목소리가 들린다.

“좋겠다~.”

고백하는 장면을 보고 나는 작게 중얼거리고 말았다.

남들 앞에서 당당히 자신의 호감을 오픈할 수 있다는 사실이 부럽다.

동급생을 좋아하면 교실 한복판에서 사랑을 고백해도 아무런 위화감이 없다. 또래를 좋아하는 것은 흔한 일이다.

교실이라는 한 공간에서 감수성이 예민한 시기의 남녀가 매일 함께 있다 보면 좋아하는 감정이 싹트는 것은 자연스러운 일이다. 게다가 저렇게 직구로 감정을 표현하는 것은 부끄럽긴 해도 본인은 분명 스스로가 자랑스러울 것이다.

나는 그렇게 누군가의 청춘 한 페이지를 지켜보고 있었다.

"……."

안 돼. 정신 차려! 이 틈에 교실을 나가야 한다.

"어머나, 닛키. 왜 나가려는 거야?"

마유즈미가 내 앞을 가로막고 섰다.

우리 반 여자 그룹의 인싸 리더인 마유즈미는 눈을 반짝반짝 빛내며 흥분하고 있었다.

"보고 있는 것도 좀 그렇잖아."

"아키아키의 협박 문구가 안 먹힌 것뿐이잖아. 게다가 이런 청춘의 빅 이벤트를 놓치는 건 너무 아까워!"

등을 떠밀리는 바람에 교실로 돌아오고 말았다.

"고백의 순간을 많은 사람이 보고 있으면 싫지 않아?"

"리리카는 상관없어. 성공하면 지인들에게 성대히 축하받고 싶어."

"마유즈미가 연애에 오픈 마인드인 건 쉽게 상상이 되지만, 아키라는 주목받는 걸 싫어할 거야."

"너무 잘 아는데? 역시 닛키는 달라. 그러니까 아키아키를 도와줘야 하지 않겠어?"

"그건 마유즈미에게 맡길게."

"점심시간에 내가 화나게 만들어서 닛키의 도움이 필요해."

"……화나게 한 건 알고 있네?"

"아키아키를 놀리는 게 재밌거든. 일단 지켜보자."

놓치지 않겠다는 뜻인지 멋대로 팔짱을 낀다.

"이 정도로 밀착할 필요는 없지 않냐?"

"닛키를 놓치지 않기 위해서야."

"알았어. 같이 남아 있을 테니까 저리로 가."

까딱하다간 오해를— 거 봐, 텐조 선생님이 눈을 부릅뜨고 보고 계시잖아?!

나는 있는 힘껏 내 결백을 증명하려고 표정으로 호소했다.

선생님은 냉랭한 표정으로 이쪽을 향해 있던 시선을 거두셨다.

"닛키, 왜 그래?"

체구가 작은 마유즈미와 대화하다 보면 자연스럽게 얼굴을 들여다보는 듯한 자세가 된다.

"아무것도 아니야."

"역시 아키아키에게 남친이 생기는 건 싫어?"

"아키라가 좋다면 그걸로 됐어."

남의 연애에 참견하는 놈은 말 뒷발에 차여 죽어버리면 좋겠다.

"안심해. 아키아키는 분명히 거절할 테니까."

"무슨 근거로 단정해?"

"—저런 고백이 성공할 거라고 생각해?"

마유즈미는 사람 좋아 보이는 표정을 유지했지만 눈 속 깊은 곳에서 서늘한 빛이 느껴졌다.

사실 아키라는 고백을 단칼에 거절했다.

하지만 그때부터 상대가 버텼다. 버티고 또 버틴 것이다.

얼토당토않은 구실이나 변명을 구구절절 늘어놓으면서 쿠호인 아키라와의 관계를 발전시키려고 필사적이었다. 스마트폰을 꺼내어 연락처를 교환하려고 달려든다. 부끄러움이고 체면이고 신경 쓰지 않고, 사람들의 시선 속에서 자신의 호감을 줄기차게 호소하는 근성은 높이 살만하다.

연애에 성공하려면 적극성은 빼놓을 수 없는 요소다.

그것 자체는 인정한다.

남학생은 분명, 끈질기게 구애해서 성공한 경험이 있을 것이다.

하지만 물러나야 할 때 물러나지 않고 자신의 필승 패턴에 집착하는 것은 악수다.

상대가 싫어하는 이상, 아무리 순수한 마음이라고 해도 상대에게는 민폐 그 자체다.

아니나 다를까, 그 무턱댄 집요함에 아키라는 끝내 폭발했다.

"있잖아. 제대로 대화도 해보지 않은 사람을 갑자기 좋아할 수 있을 거라고 생각해? 나르시시스트도 정도가 있지. 외모보다 내면을 가꾸는 게 어떨까? 내가 눈치 없는 사람을 그리 선호하지 않거든. 싫어하지 않으면 연락처 정도는 주고받겠지만, 거절한 시점에서 가능성이 제로라는 것쯤은 알아먹어야지. 그리고 너, 향수 뿌렸어? 역겨워서 불쾌하니까 내 앞에서 꺼져!"

기관총처럼 불만이 불꽃을 내뿜는다.

마음을 벌집으로 만들어버리는 가차 없는 독설 폭격에 남학생도 포기했다.

눈시울을 붉히며 복도에 있는 동료들 곁으로 도망치듯 돌아갔다.

아키라가 구경꾼으로 변했던 반 아이들을 노려보자 다들 일제히 시선을 피했다.

"거 봐."

마유즈미는 예상대로라는 얼굴로 나를 봤다.

"보긴 뭘 봐. 아무리 상대가 집요하게 굴었다지만 말이 너무 심한 거 아니야?"

"걔가 향수를 많이 뿌려서 냄새가 지독했던 건 사실인데 뭐. 그리고 예전부터 다들 불만이 많았던 터라 오히려 다른 여자애들도 속이 후련해졌을 거야. 아키아키, 잘했어! 라고 통쾌해하겠지. 여자가 남자보다 후각이 예민하니까."

마유즈미는 아키라의 발언에 박수를 보내고 있었다.

그렇군, 향취가 아니라 악취라. 뭐든 과한 건 금물이다.

"닛키, 여자는 분위기 파악하는 데 도가 튼 생명체라 하고 싶은 말이 있어도 못 해."

우리가 교실 입구 근처에 서서 대화를 나누고 있으니, 아키라가 심기 불편한 얼굴로 다가왔다.

"팔짱은 언제까지 끼고 있을 거야?"

아키라는 나와 마유즈미 사이를 비집고 들어오더니 억지로 떼어 놓았다.

"아키아키, 마지막에 일침을 날린 건 나이스였어!"

"수고했어."

나도 일단 위로의 말을 건넨다.

"둘 다, 나 좀 봐."

고백을 거절하느라 진을 빼 지친 모양이었지만 그 말투는 마치 우리의 보스라도 되는 것처럼 위압적이었다.

"네네~ 얼마든지요. 닛키, 가자."

"어? 나도?!"

"아키아키의 말을 거역하려고? 가기 싫으면 직접 말해."

물론 나는 성난 쿠호인 아키라를 설득할 자신이 없다.

"아키라도 마유즈미도 너무 강압적인 거 아니야?"

"에이~ 리리카는 아주 요만~큼 붙잡았을 뿐이야."

다행히도 오늘 저녁 메뉴는 시간이 많이 소요되지 않는 영양 솥밥이다. 집에서 나오기 전에 밥솥에 세팅해 두었다. 딱히 장을 보지 않아도 되기에 서둘러 돌아갈 필요도 없다.

가끔은 반 아이들과 방과 후를 보내는 것도 괜찮겠지.

문득 등 뒤에서 시선이 느껴져 뒤를 돌아봤다.

선생님은 내가 뒤를 돌아볼 줄 몰랐던 모양인지 커다란 눈을 더 크게 뜨며 놀랐다.

선생님은 아이컨택에 제법 익숙해졌다고 생각하시겠지만

지금과 같은 돌발상황에는 약하다. 학교에서는 빈틈을 보이지 않도록 서로 긴장하고 있어야 한다.

"니시키, 빨리 와."

"닛키, 도망치려고 해도 소용없어!"

나는 아키라와 마유즈미의 재촉에 떨치기 어려운 미련을 남긴 채 교실을 나섰다.

☼☼☼

우리 세 명은 교내 라운지 스페이스로 이동했다. 근처에 설치된 자동판매기에서 마실 것을 사서 비어 있는 테이블에 앉았다.

아키라는 곧장 밀크티 캔을 따더니 단숨에 꿀꺽꿀꺽 마셨다.

"아무리 차갑다고 해도 밀크티를 그런 식으로 단숨에 마시는 사람이 어딨냐?"

"아키아키가 원래 단 걸 좋아해. 육상부 시절에 좋아하는 걸 참고 지내서 그런지 그 반동으로 지금은 절제라는 걸 몰라."

마유즈미는 늘 보던 행동인 모양이다.

"그러고 보니 맨날 츄파춥스를 물고 있긴 하더라. 충치가 안 생기길 바랄게."

귀여운 면을 알게 되자 자연스럽게 아키라에게 시선이 향했다.

"누가 누굴 걱정해? 네가 내 부모야?"

"항상 물고 있으니까. 난 또 욕구불만이라도 있는 줄 알았지."

"왜 그렇게 생각했는데?"

"너는 성미가 급하니까 분노를 진정시키려고 물고 있나 했지."

"내가 언제!"

아키라는 본의가 아니라는 듯 시선을 고정한 채 쳐다봤다.

"이거 봐."

테이블 반대쪽에서 몸을 앞으로 내밀려는 아키라를 손가락으로 가리키며 제지했다.

포도맛 탄산음료를 마시고 있던 마유즈미는 타이밍을 기다리고 있었다는 듯 끼어든다.

"아키아키, 10월에만 몇 번 고백 받았어?"

"세어보지 않았어."

"헉, 셀 수 없을 정도야? 완전 인기 많네."

내가 놀리자 아키라는 매서운 시선으로 쳐다봤다.

"내가, 언제, 고백해달라고, 부탁했냐고!"

아키라는 진심으로 화를 냈다.

"차라리 철판 깔고 인기가 많은 걸 즐기면 되잖아?"

"해충이나 숙취, 구내염이나 대출 이자가 계속 이어지면 어떨 것 같아?"

"전부 죽도록 싫어."

"그렇지?"

상상만 해도 지옥이다.

"원하지 않는 걸 강요받는 것도 민폐야."

아키라는 노골적으로 잘라 말했다.

맞는 말이다.

원치 않는 애정만큼 대하기 곤란한 것도 없다. 그건 누구보다 잘 안다.

"아키아키는 고백 릴레이를 멈추고 싶은 거지?"

"당연하지."

즉답이었다. 아키라는 픽이나 연애에 관심이 없는 것 같다.

"닛키는 어떻게 해야 고백 릴레이를 멈출 수 있을 것 같아?"

마유즈미는 내게 질문을 던진다.

"그런 배부른 상황은 망상조차 해본 적 없어."

"쓸모없는 녀석."

"아키라, 친구에게 말할 때 좀 더 신경 쓰지 않으면 외톨이가 될 거야."

"원래 혼자 있어도 아무렇지 않으니까 문제없어."

그랬다. 이 녀석은 원래 이런 여자다.

"아키아키는 옛날부터 심지가 굳었어. 그런 부분은 여자가 봐도 멋져."

마유즈미는 아키라에게 찬사의 눈빛을 보낸다.

"솔직히 매번 거절하는 게 귀찮아서 근본적인 해결책이 있다면 알고 싶어."

아키라의 요구는 늘 그렇듯 심플하다. 아키라에게는 절실한 문제라는 게 전해졌다.

“고백받기 싫으면 남자들이 싫어하는 언행을 하거나 외모를 바꾸면 되잖아?”

나는 생각나는 대로 제시한다.

“어째서 피해자인 내가 이미지에 마이너스가 되는 대응을 해야 해? 죽을래?”

대답이 너무 신랄하거든요.

“애초에 왜 2학기가 되자마자 아키라의 인기가 폭발한 거야? 1학기 때는 이렇게 자주 고백받지 않았던 것 같은데. 혹시 짚이는 거 있어?”

쿠호인은 외모가 매력적인 여자아이다. 그건 누가 봐도 이견이 없을 것이다.

예전부터 쿠호인에게 호감을 느낀 남학생은 적잖이 있었지만 2학기가 시작되자마자 상황이 단숨에 달라진 이유가 뭘까.

“딱히 없어.”

본인은 짚이는 데가 없나 보다.

“방법이 없어. 항복할래.”

나는 두 손을 위로 치켜들며 몸을 뒤로 젖혔다.

“좀 더 고민해 봐.”

“내가 굳이 고민해야 할 이유가 어디 있나?”

“그럼, 니시키가 볼 땐 어때?”

“나? 글쎄, 솔직히 이거다 싶은 건 없어. 머리카락이 조금 길어진 정도?"

"눈알은 장식이야?"

"어허, 말에서 가시를 좀 더 뽑아. 톱날 같아서 마음이 썰리는 것 같거든."

"이미 충분히 신경 써주고 있잖아!"

"어디가?"

"차이를 못 느끼는 니시키가 둔한 거야!"

나와 아키라의 말다툼을 가만히 지켜보던 마유즈미는 샐쭉샐쭉 웃으면서 묘한 감상을 늘어놓았다.

"역시 너희는 사이가 참 좋아."

""어디가?""

"봐, 이런 거. 호흡이 착착 맞잖아."

같은 말을 동시에 뱉은 상황이 머쓱해서 서로 시선을 돌렸다.

"아키아키는 닛키랑 어울리면서 옛날보다 표정이나 분위기가 부드러워졌어. 그게 고백이 늘어난 이유야."

마유즈미는 확신을 담아 단언했다.

"아키라, 나를 샌드백 삼아 스트레스를 풀었던 거야?"

"응, 이왕 이렇게 된 거 니시키한테 좀 더 스트레스를 풀고 싶은데."

내가 농담을 던지자 아키라가 맞장구쳤다.

"괜히 고민하지 말고 경험자를 참고하는 게 빠르지 않아?"

마유즈미가 눈을 반짝였다.

"경험자라면 아키라처럼 고백받은 경험이 많은 사람? 그런 사람이 있어?"

나는 고개를 갸웃거렸다.

"등잔 밑이 어둡네. 이 학교에는 상담자로 안성맞춤인 사람이 있잖아!"

"누구?"

아키라도 기대감을 담아 묻는다.

"레이유 쌤!"

마유즈미는 살 떨리는 제안을 했다.

"어, 어째서 텐조 선생님이야?"

나는 동요가 표정에 드러나지 않도록 참았다.

"레이유 쌤이 절세미인이라는 건 모두가 아는 사실이잖아. 분명히 학창 시절부터 인기가 많았을 테니까 너랑 똑같은 경험을 했을 거라고!"

실제로 그런 느낌이 들기에 부정하지 못하겠다.

"아니야. 절대 관두는 게 나아! 진짜 그건 NG야!"

텐조 선생님이 지금까지 사귄 사람이 없었다는 걸 알고 있기 때문에 마유즈미가 기대하는 대답을 들을 수 있을 것 같지 않다.

오히려 마유즈미의 적극적인 태도 때문에 궁지에 몰린 텐조 선생님이 약점을 드러낼 위험이 있다.

"닛키, 이유가 뭐야?"

"아니, 선생님께 의논하는 건 좀 아닌 것 같아서."

내 사정은 일단 제쳐 놓고 단어 선택에 유의하며 소극적인 견해를 밝혔다.

"오히려 학생의 고민에 귀를 기울이는 게 교사의 역할이잖아. 레이유 쌤이라면 진지하게 들어주실 거야. 조금 전에 교실에서 고백받는 장면을 보셨으니까 얘기를 꺼내기 쉬워."

물론이다. 선생님은 교사로서 진지하고 성실하게 학생을 대하시겠지.

틀림없이 과거의 구체적인 연애 경험도 물어볼 것이다.

그러다가 우리의 이웃 주민 관계마저 고구마 줄기처럼 줄줄이 드러날 가능성이 있다.

그것은 심히 위험하다.

들켰을 때 데미지가 큰 것은 사회인인 선생님이다.

나와 선생님의 관계는 세상의 상식에 비추어보았을 때 아직 무조건적인 축복은 받지 못한다.

선생님을 향한 애정이 진지하고 진실하며 순수하다 할지라도 안타깝지만 허용되지 않는다.

"난 반대야. 선생님께 의지해버리면 의미가 없어."

"나도 내키지 않아. 텐조 선생님은 별로야."

좋아, 아키라 나이스. 기대했던 반응이야. 평소처럼 통명스럽게 밀고 가.

"아키아키, 그건 왜?"

마유즈미는 직구로 받아친다.

“성실하고 좋은 선생님이라고 생각하지만, 원론적인 방법을 제시해 봐야 소용없어.”

올곧은 텐조 선생님의 사고방식과 맞지 않는다.

나는 의외의 착안점 자체에 정신이 번쩍 들었다.

어떤 사람도 모두에게 사랑받진 않는다.

“문제를 해결하려면 과감한 조치도 필요한 법이야. 방치했다가 고생하는 건 아키아키라고.”

마유즈미의 장난기 많은 행동에 방심하기 쉽지만 이내 적확한 의견으로 아픈 부분을 후벼팠다.

“그야 그렇지만.”

아키라는 도와달라는 듯 나를 쳐다봤다.

다수결이라면 텐조 선생님께 조언을 구하자는 의견이 반영되지 않겠으나 지금은 마유즈미가 완전히 논의의 주도권을 쥔 상황이었다.

“텐조 선생님은 지금 수영장에서 지도 중이실 거야. 부활동 중에 찾아가는 건 예의가 아닌 것 같은데.”

두 여자는 갑자기 얼굴을 마주 보더니 뭔가를 쑥덕쑥덕거린다.

“니시키는 레이유 쌤의 스케줄을 어떻게 그렇게 잘 알아?”

“혹시, 니시키. 선생님의 스토커였어?! 저질.”

갑자기 혐오 모드야?!

아키라를 위해서 발언했는데 왜 당사자한테 배신을 당해야 하는 건데!

"무슨 소리야. 수영부 고문이니까 방과 후에는 당연히 수영장에 있을 거라는 건 누구나 예상할 수 있잖아."

"니시키, 부원도 아니면서 수영부 활동이 있는 요일을 파악하고 있다는 건 좀……."

"닛키, 수영복 페티시즘이었어?"

두 여자의 냉담한 시선이 아프다.

선생님은 부활동이 있는 날에는 직접 수영을 하시기 때문에 평소보다 많이 드신다. 따라서 자연스럽게 수영부 일정에 맞추어 저녁 메뉴를 생각하는 것이 일과가 됐다.

젠장, 나도 방심했다. 생각하지도 못한 곳에서 내 손으로 무덤을 파고 말았다.

"내 이야기는 그만해! 중요한 건 아키라가 어떻게 하고 싶냐는 거잖아!"

진지한 태도로 철저히 아키라의 문제해결을 강조했다.

남의 연애 문제에 나까지 휘말려 지뢰를 밟다니 최악도 정도가 있지.

"우왓, 부정하지 않네."

"얘기를 딴 데로 돌렸어."

너희는 왜 이럴 때만 결탁하는 건데?

그래, 좋아한다. 수영복을 입은 텐조 선생님은 최고였어. 지금도 눈에 선해.

"닛키, 혹시 텐조 선생님을 좋아해?"

마유즈미는 등골이 오싹해지는 질문을 했다.

"물론이지. 텐조 선생님은 미인이니까 남자라면 누구나 관심을 가지는 게 당연해. 난 교탁 바로 앞자리라서 선생님과 거리가 가깝기도 하고."

나는 당연하지 않냐는 듯 당당히 정색했다.

"레이유 쌤은 학교에 있는 게 아까울 정도로 미인인 데다가 어른이자 선생님이야. 절대 사귈 수 없잖아. 그런데도 좋아하는 이유가 대체 뭘까?"

"—뭘까?"

느닷없는 질문에 말문이 막혔다.

나는 선생님의 아름다운 외모에 매료된 걸까?

옆집에 산다는 걸 알고서 멋대로 운명이라고 생각한 걸까?

"흐음, 니시키는 그런 스타일을 좋아하는구나. 이대로 쭉 기를까……?"

아키라는 자신의 머리카락을 손가락으로 만지작거렸다.

"내 취향이 어떻든 상관없잖아!"

"닛키, 뭘 그렇게 흥분해? 너무 웃겨."

마유즈미는 깔깔 웃었다.

나는 실컷 웃음거리가 된 후 끝내 마유즈미에게 제압당했다.

"일단 수영장으로 가자! 안 되면 포기하면 되니까. 쇠뿔도 단김에 빼라고 했어! 지금 당장 GO!"

틀렸다. 이 기세를 꺾을 수 없을 것 같다.

나도 마음을 단단히 먹었다.

얘네들만 보내는 것보다 나도 같이 가서 텐조 선생님을 돕는 것이 안전하다.

막간 1 어른의 사정

“그래서 말이야, 금요일에는 직원 회식이 있었는데 유나기 군은 자지 않고 내가 들어올 때까지 기다려줬어. 엄청 자상하지 않니? 애가 참 착해.”

주말 밤, 나는 내 방에서 여느 때처럼 절친과 통화 중이었다.

『레이유, 애초에 직원 회식 때 인사불성이 될 정도로 마셨던 거야?』

“아니, 건배주만 마시고 그 뒤로는 계속 우롱차였어.”

『고작 그 정도에 취해서 그 아이 집에 찾아가 온갖 아양을 다 부리셨다?』

절친의 목소리는 전에 없이 냉담했다.

“취해서 그런 거야. 우연이라니까.”

『조금 취했다고 남자의 무릎을 벨 만큼 레이유는 술이 약하지 않은 걸로 아는데. 나랑 있을 땐 와인 한 병을 다 마셔도 끄떡없잖아.』

“그야 너랑 있으면 긴장하지 않으니까 그렇지.”

『다시 말해, 그 아이한테는 술의 힘을 빌리지 않으면 애교를 못 부리는 거야?』

“……?!”

정곡을 찔렸다.

『……레이유.』

"왜?"

『핑크빛 이야기는 이제 들을 만큼 들었어.』

오랜 절친은 무거운 톤으로 속내를 털어놓았다.

"핑크빛은 무슨."

『이게 핑크빛이지 뭐가 핑크빛이야! 백 퍼센트 맞아! 모르겠어?! 행복을 투척하는 테러 행위라고. 악랄한 짓도 정도가 있지!』

평소와 다르게 흥분해서 시비를 거는 바람에 나도 살짝 짜증이 났다.

"네가 먼저 근황을 물어봤잖아!"

일상생활을 얘기했을 뿐인데 왜 비난을 받아야 하는 걸까.

『나 참. 남자를 처음 사귄 중학생도 아니고. 아, 처음 사귀는 건가?』

"자꾸 그런 식으로 나오면 전화 끊는다."

『아아, 미안! 요즘 두근거리는 만남이 없어서 살짝 화풀이한 거였어.』

"그게 더 악랄해."

공갈단이 따로 없군.

『뭐, 레이유가 옆집에 사는 우량주를 선물 매입해서 자랑하고 싶은 기분은 알겠지만.』

"그 아이를 물건처럼 말하지 마."

나는 그런 감각이 이해가 안 된다.

『사랑에 빠진 레이유가 이렇게까지 정신을 못 차릴 줄은 전혀 예상 못 했어……. 충격이야. 학창 시절과는 딴판인걸. 진정한 사랑은 사람을 바꾸어놓는구나.』

"난 그냥 그 아이의 장점을 칭찬했을 뿐이야."

『사귀는 남자를 자랑하는 소리로밖에 안 들려!』

"아, 아직 사귀는 거 아니야!"

『에이~. 이 마당에 무슨 그런 변명을 해. 어지간히 잠은 같이 잤고?』

절친은 진심으로 질린 모양이다.

"그런 걸 할 수 있을 리 없잖아!"

『온갖 앙큼은 다 떨면서 이제 와서 뺄 게 뭐 있어. 안 들키면 되잖아. 합방해!』

"교사와 학생이야!"

『AV에 자주 등장하는 상황이라 왠지 흥분돼.』

"여자인 네가 어떻게 AV를 잘 알아?"

『요즘엔 여자도 AV를 많이 봐.』

"난 안 봐!"

오늘은 평소와 달리 19금으로 화제를 몰아간다. 많이 굶주린 모양이다.

『이런 죄 많은 여자 때문에 옆집 총각이 불쌍해.』

멋대로 한숨을 쉰다.

"그 아이가 왜 불쌍한데?"

화가 난 나머지 말투가 거칠어진다.

『왜긴, 연상녀가 생각 없이 유혹은 있는 대로 다 하면서 정작 야한 짓은 안 하잖아. 총각이 욕구를 참는 걸 즐기는 걸로밖에 안 들리거든? 그건 또 무슨 플레이야. 엉큼하긴.』

"뭐?!"

나는 말문이 막히고 말았다. 꽤 진지하게 충격을 받았다.

『몰랐던 거야?』

"난 그냥 편하게 있었던 것뿐인데……."

『잘 들어. 레이유는 아무것도 안 하고 가만히 있어도 매력적이야. 그저 움직이기만 해도 고혹적이라고. 존재 자체가 에로티시즘이라니까. 즉, 가까이에 있기만 해도 심박수가 올라가는 마성의 여자야!』

"이상한 소리 하지 마!"

『사실이야. 레이유가 마음을 허락한 사람한테는 한없이 오픈 마인드라는 건, 오래 알고 지낸 내가 가장 잘 아니까. 뭐, 그런 부분이 매력 포인트이긴 하지.』

"그런 보증 필요 없어."

『동성 친구인 나조차 그렇게 느끼는데, 진짜 남친은 대체 어떤 심정일까? 너도 모르는 사이에 스킨십이 늘어나면서 헤프게 행동했을 게 틀림없어.』

현장을 목격한 것도 아닌데 절친의 예상은 정밀도가 높았다.

『짚이는 데가 있지?』

나의 속마음을 훤히 들여다보듯 묻는다.

"조, 조금."

나 자신의 행동을 되짚어보니 대충 해당하는 장면이 여러 개 떠오른다.

『너무 과소평가하는데? 첫사랑에 들뜬 소녀는 이래서 안 된다니까.』

"너랑 동갑인데 무슨 소리야!"

『연애 경험은 하늘과 땅 차이니까!』

스마트폰 너머에서 분명 득의양양한 표정을 짓고 있을 것이다.

"어, 어쩔 수 없잖아. 무의식적으로 나온 행동인걸."

『마음 같아선 대놓고 놀리고 싶지만, 상대가 아직 고등학생이니까.』

"법률에 저촉되는 행동은 하지 않았어!"

『그 부분은 레이유가 가진 교사로서의 윤리관을 믿어. 그래서 그 총각이 불쌍하기도 하고 살짝 걱정스럽기도 해.』

"걱정?"

무턱대고 유나기 군의 편만 드는 말투가 왠지 마음에 들지 않는다.

『레이유의 환상적인 몸매는 흉기거든. 그런 미녀가 천진난만하게 몸을 밀착시키면서 애교를 부리는데 손도 못 대는 상황이잖아. 그 총각은 지금의 고문과 다름없는 상황을 이 악물고 견디고 있을 거야.』

절친은 딱 잘라 단언했다.

“이를 악물고…….”

『레이유는 남성의 성욕을 너무 가볍게 생각해.』

“아니, 알아. 그 아이가 직접 말할 때도 있거든.”

하지만 유나기는 절대 내가 싫어하는 행동은 하지 않을뿐더러, 지금의 관계를 망가뜨릴 만한 사태에 이르지도 않았다.

나도 미안한 마음 정도는 느끼고 있지만 그렇다고 가벼운 마음으로 응할 수도 없다.

나에게는 모든 것이 미지의 세계라 내가 어떻게 변할지 상상조차 되지 않아 무서웠다.

하지만 그것조차 나에게 유리한 해석일지도 모른다.

『그 아이의 순정을 가지고 노는 걸 즐기는 게 아닌 거, 진짜지?』

절친은 심히 의심스러운 모양인지 일부러 얄미운 말을 골라서 했다.

“듣기 거북한 소리 좀 그만해! 순수한 사랑이야, 순수한 사랑!”

나는 맹렬한 기세로 되받아친다.

『하지만 남자는 십 대 때가 야한 것에 가장 관심이 많은 시기잖아. 가까이 있으면서 아무것도 해주지 않는 레이유는 정말 눈치라고는 약에 쓸래도 없는 여자야.』

“그건 어쩔 수 없는 거잖아.”

『집에 있는 동안에는 딱히 상관없잖아~.』

절친은 무책임하게 막말을 던진다.

"안 돼."

나는 망설이지 않고 부정했다.

『역시 선생님이야. 어쩌나 딱딱하신지.』

"직업 의식만으로 눌러지지 않으니까 문제지."

나도 모르게 속마음이 흘러나오고 말았다.

내 행동에 실수가 있다면 확실히 교정하지 않으면 안 된다.

『뭐, 여자도 성욕은 있으니까. 미치도록 그걸 하고 싶을 때도 있고.』

"콕 집어서 표현하지 마!"

『부끄러워하긴. 만약 하게 된다면 피임은 제대로 하고.』

"괜한 참견이거든요!"

옆집에 들릴 정도로 큰 소리가 나오고 말았다. 다행히도 유나기는 이번 주말, 본가에 가 있어서 엿들을 걱정은 없다.

나는 여자끼리의 이런 19금 토크는 영 못 하겠다.

날것에다 선정적이라 뭐라고 대답하면 좋을지 모르겠다. 나의 경험 부족이 들통난다. 초조함이나 부끄러움을 느끼지 않는다면 거짓말이다.

『레이유에게 좋은 걸 알려줄게. 친밀한 사이라도 에로스는 항상 필요해!』

무슨 뜻인지 이해되지 않아 난 얼어붙고 말았다.

"예의가 아니라 에로스? 자세히 좀 설명해 줘."

가능하면 귀를 닫고 싶지만 무시할 수도 없는 노릇이다. 이건 이웃 협정을 기반으로 한 두 사람의 문제다. 유나기 군에게 민폐를 끼칠 수 없다.

『후훗, 레이유의 그런 성실한 성격이 참 좋아.』

"알았으니까 빨리 가르쳐줘."

『남녀관계는 처음부터 끝까지 복잡한 요소가 얽혀 있어서 딱 잘라 정의할 수 없어. 여성에게 그럴 마음이 없어도 남성은 가까워지면 상대를 갖고 싶어 해. 여성은 연애의 밀당으로 그 특성을 이용해서 낭군님에게 그런 마음이 생기도록 하지. 그렇다고 해서 그럴 마음도 없는데 남자의 마음을 무모하게 휘저으라는 게 아니야. 그건 승인 욕구에 굶주린 저급한 여자야.』

역시 산전수전 공중전까지 다 겪은 미팅 퀸. 실전 경험 횟수가 압도적이라 말의 무게가 달랐다.

절친은 평소에는 부드러운 말투를 사용하지만 때때로 이렇게 가차 없이 말할 때도 있다.

『그래서…… 남녀의 친밀한 관계는—.』

"쉽게 무너지는구나."

스스로에게 경각심을 주려는 듯 내가 대신 결론을 말했다.

『레이유가 복잡한 입장이라는 건 충분히 알아. 쉽지 않은 상대를 좋아하게 된 것에 동정을 금할 길이 없네.』

"하지만 사람을 골라 가며 좋아할 수는 없잖아."

『그럴까? 조건을 보고 사귀다가 나중에 좋아하게 되는 경우도 많은데?』

“나는 좋아하는 사람이 아니면 절대 무리야.”

조건에 따라 사람을 대하는 마음을 자유자재로 조정하는 것은 불가능하다.

『참고 있는 건 레이유도 마찬가지니까.』

절친은 내 속마음을 꿰뚫어 본다.

『걱정하지 마. 좋아하는 사람을 원하는 건 자연스러운 감정이니까. 레이유도 성가신 사정이 전부 사라지면 솔직히 어떻게 할 거야?』

내 마음을 헤아리려는 듯 묻는다.

“…….”

그 침묵이 대답이다.

『하지만 전부 맡겨버리면 그 아이가 먼저 인내의 한계에 도달할 거야.』

“한계?”

『철벽인 연상녀보다 가능성이 있는 동급생에게 마음이 흔들릴지도 모르지.』

“딴 사람은 몰라도 그 아이는 안 그래!”

『근거는?』

“그야 유나기 군은 나를—.”

『바람을 피울 땐 피우게 돼 있어.』

인간은 이성보다 본성이 강하다.

자연스럽게 끓어오르는 본능에 저항하려면 상당한 의지가 필요하다.

『레이유가 이 정도로 푹 빠진 멋진 남자라면, 주변에 있는 여학생 중 그 아이를 좋아하는 아이가 있다고 해도 이상하지 않아. 학생끼리 사귀는 게 제일 자연스럽잖아?』

평소에는 가능한 한 의식하지 않으려고 했던 아픈 곳을 찔리고 말았다.

게다가 나는 그 실제 사례를 알고 있다.

니시키 유나기 군은 의붓여동생인 카구야 양이 자신을 이성으로 좋아하는 바람에 본가에서 나와 살게 되었다.

"우정에 금이 가는 말을 왜 하는 거야?"

감정을 앞세우며 부정할 수 없어서 괜히 볼멘소리를 흘렸다.

『레이유가 상처받는 게 싫으니까. 그럴 수만 있으면 기꺼이 악역을 맡을 거야.』

다정한 음성으로 말을 건넨다.

"필요 없어. 난 유나기 군을 믿어."

『난 레이유의 행복이 가장 중요하니까.』

그날 밤은 절친과의 대화가 머릿속에서 사라지지 않아 침대에서 계속 뒤척이고 말았다.

☼☼☼

그 후로 학교에서도 유나기 군을 눈으로 좇는 기회가 어쩔 수 없이 늘고 말았다.

교실에서는 눈앞에 있기에 필연적으로 시야에 들어오니 피할 도리가 없다. 생각해 보니 좋아하는 사람이 이렇게 가까이 있는 직장은 손에 꼽지 않을까? 수업 중에는 판서나 강의에 집중하지만 자칫 잘못하면 순간적으로 긴장이 풀어질 것만 같다.

쉬는 시간이나 학급 회의 후에 유나기 군의 주변에 여학생들이 있으면 나도 모르게 신경이 쓰인다.

같은 반 친구끼리 대화를 나누는 것은 당연하다.

그렇게 결론을 내려도 마음 한구석이 술렁인다.

의심암귀[#1]가 되어버린 내가 싫어진다.

특히 유나기 군이 매일 아침 전화로 깨워주는 쿠호인 양. 쿠호인 양은 혼자 있는 걸 좋아하면서 유나기 군과는 곧잘 어울렸다.

오늘도 방과 후에 쿠호인 양이 다른 남학생에게 고백받은 후 귀가하려는 유나기 군에게 합류했다. 아니지, 쿠호인 양과 친한 마유즈미 양도 옆에 있었으니까 그냥 우연일 뿐이다.

어른의 질투는 참 꼴불견이구나.

#1 의심암귀: 의심이 생기면 없던 귀신도 생긴다는 뜻.

사소한 것에 불안해지는 연약한 자신에게 화가 난다. 자신감이 부족한 것을 유나기 군의 탓으로 돌리지 마.

알고는 있지만 불안한 마음이 진정되지 않는다.

하여 부활동 시간에 있는 힘껏 헤엄치며 필사적으로 불쾌한 기분을 지우려 했다.

제2장 허세

마유즈미를 선두로 우리 세 사람은 학교 안에 있는 실내 수영장에 도착했다.

"리리카가 수영부 친구한테 잠시 확인하고 올게. 너희는 여기서 기다리고 있어!"

우리를 수영장 바로 앞에 남겨두고 마당발인 마유즈미는 안으로 쌩 달려갔다.

마유즈미의 적극성은 혀를 내두를 만큼 무시무시하다.

가을 해는 두레박 떨어지듯 빠르다더니 창밖은 어느새 캄캄해졌다.

왜 이런 상황이 된 걸까.

솔직히 상당히 내키지 않는다.

공사 구분을 확실히 하려고 개인적으로 텐조 선생님과는 교실 말고 다른 곳에서는 되도록 마주치지 않도록 신경 쓰고 있다.

소소한 대화의 파편이 빌미가 되어 의심을 살까 봐 겁도 나고 우리 관계가 탄로 날 행동이 나올지도 몰랐다.

지난번에 체육관 창고에 갇혔을 때는 키스하고 싶은 충동에 사로잡혀 혼쭐이 났다.

아키라와 마유즈미가 구하러 오지 않았다면 여러 의미에서 어떻게 됐을지 모르겠다.

나는 좋아하는 마음을 억누르는 것은 보통 일이 아니라는 교훈을 얻었다.

"텐조 선생님이 거절해 주면 좋겠어. 그럼, 오늘은 돌아갈 수 있는데."

옆에서 아키라가 투덜거렸다.

"아키라가 텐조 선생님을 싫어하는 줄 몰랐어."

"그 사람, 너무 완벽하잖아."

아키라는 말을 꺼내기 거북하다는 듯 밝힌다.

"그런가?"

"……왜 의문형이야? 트집 잡을 데라도 있어?"

어이쿠, 실언했다.

텐조 선생님의 객관적인 이미지는 확실히 그 말 그대로다. 그것을 의심하는 사람은 적을 테지.

나도 사생활을 알면 알수록 간극에 놀라며 좋아하는 마음이 한층 더 커졌다.

"아아, 아니야. 누구나 약점은 있다는 일반론이었어. 깊은 뜻은 없고."

"그렇다고 해도 빈틈 하나 없는 완벽한 사람에게 입바른 소리를 들으면 덮어놓고 반발하고 싶어져. 왜, 1학기 때 한창 지각했을 때 선생님께 지적받고 신경전을 벌였잖아."

"콤플렉스를 자극하니까?"

"인정하긴 싫지만."

"오히려 텐조 선생님께도 눈치 보지 않고 하고 싶은 말을 다 하는 아키라가 배짱이 큰 거지."

"감정적으로 물고 늘어지다니, 완전 애 같잖아."

"뭐, 조언을 들으러 왔는데 선생님께 되레 화를 내는 건 피하는 게 좋지."

"리리카가 가속 페달이라면 니시키가 브레이크야. 그 부분은 든든해."

아키라는 우리 존재를 그런 식으로 생각하고 있군.

"아키라가 으르렁거리기 전에 입이라도 막으면 되는 거야?"

"손대면 성희롱으로 고소할 거야."

찌릿 노려본다. 그럴 용기는 없다. 물리적으로는 안 되는 모양이다.

"여기까지 온 이상, 한배를 탔으니 잘 부탁해."

아키라도 마음을 굳혔다. 그 말투는 스포츠 선수 출신답게 시원시원하고 당당했다.

"그 오그라드는 표현은 뭐야?"

"우리끼리 뭘 그래."

"의미심장한 분위기 풍기지 마."

"단순한 반 친구 이상은 되잖아."

"모닝콜을 해주는 정도의 친구잖아?"

"사람에 따라서는 오해할 수 있어."

아키라는 왠지 모르게 유쾌해 보였다.

잠에서 깬 이성의 목소리를 들을 기회는 한정적이다.

"네가 늦잠만 자지 않으면 돼."

"먼저 도움의 손길을 내민 건 니시키 너야. 내가 부탁한 거 아니야."

그렇게 말해버리면 내가 선의가 넘치는 좋은 녀석처럼 들린다.

실제로는 훨씬 개인적인 이유다.

이웃 주민인 텐조 선생님의 고민을 해결해 드려야겠다는 생각에 원인이었던 쿠호인 아키라의 지각 문제에 개입했다.

물론 그러한 내막을 아키라에게 말할 수 있을 리 없다.

"착각하지 마. 나는 의외로 박정한 사람이야. 감당하기에 벅차면 금방 도망치기 일쑤고."

"난 도움받고 있으니 그걸로 됐어."

아키라는 딱히 신경 쓰는 티를 내지 않았다.

"닛키, 아키아키. 잠시 후면 휴식 시간이니까 양말 벗고 갈 준비해."

마유즈미는 양 갈래로 묶은 머리카락을 흔들며 돌아왔다.

나도 등 떠밀려 양말을 벗고 혹시 몰라 교복의 바짓단을 접어 올렸다.

"닛키, 훔쳐보지 마."

"안 봐. 신경 쓰이면 스커트 길이를 조절하지 그래?"

"땡땡땡. 여자는 자신의 멋을 위해서 짧게 입는 거야. 무뚝뚝한 닛키는 아키아키의 맨다리나 보고 있어!"

"리리카?!"

"봐, 아키아키의 다리는 은근히 섹시해. 가늘지만 근육이 탄탄해. 그렇지? 닛키."

그렇게 말하니 다시금 찬찬히 살피게 된다.

"진짜네."

"뚫어지게 쳐다보지 마! 동의하지도 말고!"

얼굴을 발그레 물들인 아키라는 몸을 앞으로 숙이며 팔을 교차시켜 다리를 숨기려고 했다. 물론 두 팔로 시선을 차단할 수도 없고 오히려 가슴이 모아져 강조된다. 게다가 아키라는 윗단추를 항상 풀고 있어서 가슴골이 뚜렷이 보였다.

나는 황급히 시선을 피한다.

"우와! 섹시 그라비아 포즈! 아키아키, 닛키 앞이라고 서비스가 너무 후한 거 아니야?"

"그런 거 아니거든!"

"게다가 반들반들하고 낭창낭창해."

마유즈미는 나뭇가지에 매달린 사슴벌레처럼 아키라의 허벅지를 붙잡았다.

"꺅! 리리카, 하지 마!"

"리리카, 다리 페티시가 될래."

"시끄러워! 떨어져! 머리를 확 잡아 당겨버릴 거야!"

아키라는 두 손으로 좌우의 양 갈래머리를 붙잡아 당기려고 했다. 이제는 뭐, 프로레슬링 뺨치는 상황이었다.

나는 이 두 사람의 관계가 도무지 이해되지 않는다.

작년부터 같은 반이었고 휴일을 함께 보내기도 하지만 여자 아이들 특유의 무리 지어 다니는 분위기는 일절 없다. 교실에서 말다툼한 지 얼마 되지도 않았는데 지금은 이렇게 장난을 친다.

그것이 쿠호인과 마유즈미의 묘한 거리감을 만들어내고 있었다.

"실례하겠습니다!"

마유즈미 친구의 안내로 수영장 사이드까지 들어갔다.

"교복을 입고 수영장 사이드를 걸어가니까 재밌네."

마유즈미의 말에 동감이다.

발뒤꿈치는 찰팍찰팍 소리를 내며 젖어간다. 축축한 바닥의 감촉이나 습기가 느껴져도 불쾌하지 않은 독특한 분위기를 교복을 입고 느끼는 것은 특별한 경험이었다.

비일상적이랄까, 멀어져 버린 여름 분위기가 떠오른다.

뭐, 옆에서 아키라가 심통을 부리지 않는다면 나도 낭만을 곱씹으며 추억에 잠겨 볼 텐데.

"용건이 끝나면 바로 갈 거야."

"알았어, 알았어. 레이유 선생님은 어디 계실까나."

고문인 텐조 선생님의 모습이 수영장 사이드에는 보이지 않는다.

그럼, 물속에서 헤엄치고 계신 걸까.

각 코스에서 헤엄치는 부원들은 모두 아름다운 자세로 상상 이상으로 빠르게 헤엄치고 있다. 수면을 가르듯 조용하고 부드럽게 최소한의 물보라만 튕겼다.

그 규칙적이고 힘 있는 스트로크는 보는 맛이 있다.

역시 고등학교 수영부에 들어간 녀석들의 헤엄은 급이 다르게 느껴질 만큼 레벨이 높아서 체육 수업과는 비교가 되지 않았다.

그중에서도 가장자리 레인에서 헤엄치는 사람에게 시선이 간다.

마치 시합이라도 하듯 진지하고 맹렬한 기세로 헤엄치고 있었다. 그러면서도 수면 아래를 미끄러지듯 이동하는 모습에서는 우아함마저 느껴졌다.

"아, 레이유 쌤 찾았다!"

마유즈미가 가장 먼저 발견하고 수영장 사이드를 종종걸음으로 달려 다가가려고 했다.

"어허! 수영장에서 뛰지 마!"

수영장 끝에 도착해서 고글을 벗은 직후라도 수영부 고문은 그냥 넘어가지 않는다.

물속에서 올라와 온몸이 젖은 선생님을 보고 인어공주가 바다에서 나타난 줄 알았다.

나는 그 모습에 시신을 빼앗겨버렸다.

"어머, 마유즈미 양? 쿠호인 양? 그리고 유―, 니시키 군까지. 어쩐 일이야?!"

지금 분명, 성 말고 이름으로 부르려다가 말았다.

"레이유 쌤, 불쑥 찾아와서 죄송해요! 아키아키가 잠시 연애 상담 좀 해도 되냐고 해서요."

"끌고 온 건 리리카잖아!"

"연애 상담? ……너희 셋이서?"

텐조 선생님은 나를 쳐다봤다. 그 시선에는 곤혹스러움이 배어있다.

"아뇨, 닛키는 수영복을 입은 선생님을 보러 왔을 뿐이에요."

"마유즈미! 거짓말하지 마! 선생님, 절대 아니에요!"

"농담이야. 남자 쪽 의견도 참고하고 싶어서 오자고 한 거야."

나는 뜬금없는 배신에 황급히 부정했다.

아키라는 옆에서 변태 니시키라며 불쾌한 심기를 팍팍 드러낸다.

나는 깔깔거리며 웃는 마유즈미와 폭발 직전인 것 같은 아키라 사이에 끼어 기죽은 상태로 눈앞에 서 있는 선생님께로 시선을 돌렸다.

텐조 선생님이 경영 수영복을 입은 모습은 아파트 욕실에서 보고 처음이다.

그때는 감기에 걸렸었고 거울 너머로 볼 수밖에 없었다.

그래서 정면에서 본 파괴력에 압도당했다.

경영 수영복을 본래 착용해야 하는 장소에서 보게 되다니.

물기를 품은 표면이 반짝반짝 광택을 띤다. 수영복이 꽉 조인 덕분에 멋진 몸매가 도드라졌다.

여전히 아름다운 스타일을 유지하고 있어서 넋을 잃고 만다.

촉촉이 젖은 머리카락이 요염하다.

눈에 이롭다.

눈을 어디에 두면 좋을지 몰라 곤란한 반면 계속 보고 싶기도 했다.

"있잖아, 니시키 군. 너무 진지하게 쳐다보면 역시 좀 부끄럽거든……."

선생님은 짐짓 아무렇지 않은 척하며 충고했다.

"네?! 아, 죄송해요!"

나는 시선을 돌렸다.

"서서 얘기하기도 그러니 저쪽 벤치로 이동할까?"

수영부 부원들에게 피해를 주지 않도록 수영장 사이드 끝에 있는 벤치에서 이야기를 이어갔다.

선생님은 운동복을 걸치며 수영복을 가려버렸다.

그럼에도 길쭉한 맨다리 때문에 시선 처리에 꽤 애를 먹었다. 이건 괜히 숨기려고 하는 것이 오히려 엉큼한 느낌이 든다. 큰일이다. 요즘 그렇지 않아도 집에서 선생님과 스킨십이 늘어난 탓에 알몸에 가까운 모습은 그 자체만으로도 상상력을 자극했다.

나는 괜한 오해를 사지 않도록 가능한 한 선생님을 쳐다보지 않으려 했다.

"미안한데, 부활동 중이니까 가능한 한 빨리 끝낼게. 쿠호인 양이 연애 상담을 하겠다고? 오늘 방과 후에 있었던 그 일 때문이야?"

교사 모드인 텐조 선생님은 냉정하고 침착한 태도를 유지하면서 학생의 고민에 귀를 기울이려고 했다.

"아키아키, 요즘 인기가 엄청 많아요. 고백받는 게 귀찮아서 어떻게 좀 하고 싶대요."

마유즈미가 대리인처럼 상담 내용을 대신 전달했다.

"쿠호인 양은 구체적으로 어떻게 하고 싶어?"

"제 페이스가 흐트러지는 게 싫거든요. 그냥 가만히 좀 놔두면 좋겠어요."

아키라는 무뚝뚝하게 대답했다.

"연애 감정은 어디까지나 각자의 것이니까 그 자체를 막는 건 어려워."

"차라리 교칙에 연애금지조항을 넣으면 되잖아요. 학업에 방해가 된다는 이유로요."

"전교생을 대상으로 하는 교칙을 바꾸는 건 역시 어렵지."

선생님은 아키라의 극단적인 제안에도 성실히 답변해준다.

아키라는 규칙에 얽매이는 걸 싫어하는 주제에 교칙의 도움을 받으려고 하다니 어불성설이다.

"아키아키, 그럼 너도 연애 못 해. 그래도 괜찮아?"

"연애에 관심 없어."

"연애에 관심 없어도 신경 쓰이는 사람은 있지 않아?"

마유즈미는 묘한 뉘앙스를 풍겼다.

"저희는 선생님의 의견을 들으러 여기에 온 거예요. 텐조 선생님은 학창 시절에 좋아하지도 않는 사람에게 고백을 많이 받으셨을 텐데, 그때마다 어떻게 하셨어요?"

마유즈미의 말을 무시하고 아키라는 자기 입으로 상담 내용을 직접 말했다.

"그렇게 많이 받진 않았는데……."

"아니라고 말씀하시는 건 저희를 농락하는 거예요."

아키라는 뻔한 거짓말을 거부했다. 그 당당한 태도는 여전히 놀라울 따름이다.

"텐조 선생님. 저는 관심 없는 사람이 고백했을 때 스트레스 받지 않고 거절하는 방법을 알고 싶어요. 아니면 가능한 한 고백받지 않는 방법은 없나요? 실례가 아니라면 선생님의 경험을 참고삼아 듣고 싶어요."

아키라의 눈빛은 진지했다.

생각보다 다급한 분위기에 나는 처음으로 위화감을 느꼈다.

"맞아요. 리리카도 레이유 쌤의 달콤한 학창시절 에피소드를 듣고 싶어요. 어떤 사람이 남친이었을지 엄청 궁금해요."

마유즈미 또한 다른 의미로 관심이 많아 보였다.

“달콤한 에피소드 같은 거 없어. 학교 다닐 때 연애를 해본 적이 없거든.”

텐조 선생님은 담담하게 대답했다.

“남자에게 별로 관심이 없었어요?”

아키라는 어리둥절한 상태다. 마유즈미도 비슷한 반응을 보인다.

“당시만 해도 연애 감정 자체를 믿지 않았거든.”

조용히 지켜볼 생각이었던 나는 선생님이 연애관을 말씀하시는 바람에 무심코 궁금해졌다.

“이렇게 말하면 기분 나쁠지도 모르겠지만, 쿠호인 양은 학창 시절의 나와 많이 닮았어. 몇몇 사람들하고만 사귀었고, 사교적으로 행동하지 못했어. 감정적인 데다 충동적이라 모든 일에 민감하게 반응하는 게 피곤해서 주변 사람들과 거리를 두고 지냈거든. 아니라면 미안해.”

“아뇨, 맞아요. 하지만 의외네요…….”

아키라는 선생님의 과거를 듣고 당황했다.

확실히 텐조 선생님의 밝고 사교적인 지금의 성격을 보면 상상이 잘 안되겠지.

“모르는 사람이 말을 거는 게 싫어서 반사적으로 모진 말로 되받아쳤어. 애초에 연애에 관심이 없었고, 가만히 내버려두면 좋겠는데 나를 연애 대상으로 생각하는 게 불쾌했지.”

그러한 행동은 두말할 것 없이 쿠호인 아키라와 겹친다.

"그 심정 잘 알죠."

아키라는 몸을 내밀며 공감했다.

텐조 선생님은 학창 시절에 쿠호인 아키라와 매우 비슷했다는 이야기를 본인이 직접 하셨다.

그러니 현재진행형인 아키라가 공감하는 것은 당연하다.

"내 경우에는 보다 못한 절친이 애를 써줬어. 텐조 레이유에게 고백하고 싶으면 자기한테 허락을 받아야 한다며 매니저 역할을 맡아줬지."

"좋으시겠어요. 선생님께는 그렇게 발 벗고 나서 주는 친구가 있어서."

"그 친구는 아직도 내 일에 참견하곤 해서 가끔 곤란할 때도 있어."

아키라는 부러운 눈치였다.

"뭐양~ 아키아키한테는 리리카가 있잖아! 고마운 줄 알아."

"그래, 그래. 고마워."

아키라는 틈틈이 대답한다.

"그럼, 마유즈미가 아키라의 매니저가 되면 해결되는 건가?"

슬슬 수영부가 연습을 재개할 것 같아서 나는 결론을 서둘렀다.

"리리카는 그런 거 적성에 안 맞아."

"리리카도 그렇게 생각해."

아키라가 반대했고 리리카 본인도 동의한다. 꼭 이럴 때만 의견이 잘 통했다.

"어? 마유즈미라면 흔쾌히 받아들일 줄 알았는데?"

"닛키, 리리카는 남의 연애 사정을 지켜보는 건 좋지만 관계자는 되고 싶지 않아. 어디까지나 관객으로 지켜보고 싶을 뿐이지. 오직 응원만 가능해."

여기까지 끌고 왔으면서 중요한 타이밍에 노터치라니, 무슨 생각을 하는 거야?

"마유즈미, 그건 좀 아니지 않냐?"

"그럼, 닛키가 대신 하면 되잖아!"

마유즈미는 표표한 태도를 유지하면서 폭탄 발언을 휙 터트렸다.

"무슨 소리야. 남자인 내가 중간에 끼면 백 퍼센트 일이 꼬일 거야."

"선생님도 반대야."

텐조 선생님도 즉시 동조했다.

"힝~ 오히려 굿 아이디어잖아요. 닛키라면 아키아키와 자주 어울리니까 자연스럽다고 생각하는데."

"제삼자(게다가 남자)가 고백을 대신 거절하면 쿠호인의 이미지가 나빠질 거야."

선생님의 말씀처럼 만약 좋아하는 사람의 대답을 웬 엉뚱한 녀석이 전달하면 뒷맛이 훨씬 씁쓸할 테고 아무리 좋게 생각하려고 해도 화가 치밀어 오를 것이다.

무엇보다 자신의 진지한 마음을 업신여긴 것 같아 상처가 깊게 남는다.

"레이유 쌤. 차인 남자에게 자기를 찬 여자는 자기에게 상처를 준 악녀예요."

마유즈미는 웬일로 진리를 설파했다.

"닛키라면 성실히 대응해 줄 거고, 상대도 순순히 물러날 거예요. 게다가 무엇보다 아키아키에게 어울리는 훈남이니까요!"

마유즈미는 자신만만하게 엄지를 치켜든다.

뭐가 괜찮단 거야? 나는 그 비약이 전혀 이해가 안 된다.

"마유즈미 양, 그건 좀……."

텐조 선생님도 당혹스러워하시며 흐름을 어떻게 바꾸면 좋을지 궁리하시는 것 같았다.

"레이유 쌤도 닛키가 잘 생겼다고 생각하지 않으세요?"

"뭐?! 교사는 학생의 용모에 대한 개인적인 의견은 말할 수 없어."

"텐조 선생님은 매일 가까이에 앉아 있는 닛키를 봐도 아무 느낌이 안 드세요?"

마유즈미는 정말이지 식은땀이 절로 나는 말을 잘도 던졌다.

"모두 똑같은 내 제자야."

"흠, 그럼 차라리 닛키가 남친이 되는 게 빠르지 않아?"

마유즈미는 어처구니없는 제안을 했다.

"뭐?!"

"엥?!"

"잠깐!"

나와 선생님과 아키라를 포함한 세 명은 동시에 깜짝 놀랐다.

"어디까지나 연기야, 연기. 아키아키와 가장 친한 남자는 닛키니까 부담 없잖아?"

"부담돼! 너무 무모해! 생각할 필요도 없이 말이 안 돼!"

나는 있는 힘껏 부정했다.

"그런가? 너희 둘의 조합이라면 수긍이 가는데. 레이유 쌤도 그렇게 생각하지 않으세요?"

"그렇게 생각하지 않아! 주변 사람들을 속이는 행동은 교사로서 그냥 두고 볼 수 없어!"

마유즈미의 제안은 터무니없다.

"하지만 곧 문화제야. 이벤트에 편승해서 아키아키와 친해지려는 남자들이 훨씬 늘어날 거라고."

마유즈미의 협박 문구는 과장이 아니다.

아키라도 앞으로 훨씬 시끄러워질 것 같은 예감이 들었기 때문에 이렇게 선생님께 상담하러 온 것이다.

그렇다고 해도 나는 그 제안을 받아들일 수 없다.

나는 이미 텐조 레이유라는 사람에게 마음을 주었다.

"남은 건 아키아키가 원하느냐 원하지 않느냐야."

지금까지 잠자코 있던 아키라에게 세 명의 시선이 모였다.

아키라 역시 이런 당치않은 제안을 받아들일 리 없다.

언제나처럼 가차 없이 단칼에 각하를 때리고 마무리되겠지.

자, 시원하게 거절해 줘.

하지만 아무리 기다려도 아키라는 부정하지 않았다.

그곳에는 부끄러워하면서도 갈등하는 또래 여고생이 있을 뿐이다.

이윽고 결연한 표정으로 얼굴을 들고 내 앞으로 다가온다.

"니시키, 부탁할게. 문화제가 끝날 때까지 내 남친이 되어줘."

아키라의 거만한 태도는 평소와 다름없었다.

다만, 저 엉뚱한 해결책을 부정하지 않고 긍정적으로 받아들이는 형태로 부탁했다.

천하의 쿠호인 아키라가 『부탁』을 한다고?

단순히 내가 잘못들은 줄 알았다.

하지만 아키라의 진지한 표정과 마유즈미의 만족스러운 미소, 그리고 경악을 금치 못하며 얼어붙은 텐조 선생님의 얼굴을 보고 모두 똑같은 말을 들었다는 사실을 확인했다.

"닛키, 지금이야말로 남자다움을 보여줘야 할 때야!"

마유즈미는 무책임하게 부추겼다.

혹시 마유즈미가 이렇게 적극적으로 나선 것은 처음부터 나에게 남자 친구 역할을 맡기기 위한 빌드업이지 않았을까. 그런 의심이 생길 정도로 주도면밀한 화제전환이었다.

"아니, 난……."

"연기일뿐이니까 너무 어렵게 생각하지 마. 곤란할 때만 닛키를 의지할 거야. 둘만 괜찮다면 실제 연인처럼 행동해도 돼. 아니다, 차라리 그냥 확 사귈래? 아~ 심장 떨려."

마유즈미는 혼자 흥분해서 재잘재잘 떠들어댔다.

나는 겁이 나서 선생님 쪽을 도무지 쳐다볼 수가 없다. 거절하겠다는 결론은 변함없지만 대체 무슨 수로 설득한단 말인가.

"니시키는 좋아하는 사람이 있어?"

"있어."

말했다. 말했다고. 설령 당당히 말할 수 없는 사람이라도 해도 내 마음은 흔들리지 않는다. 그것만큼은 본인 앞에서 표명해 두고 싶었다.

"우리 학교 학생?"

"그건 아니야."

상대는 학생이 아니라 **선생님**이다.

"……그런 사람이 있는데 매일 아침 깨워달라고 해서 미안해. 하지만 고맙게 생각하고 있고, 이번에도 무리한 부탁이라는 걸 알아. 나도 내키지 않지만 니시키밖에 부탁할 사람이 없으니까 들어줬으면 좋겠어. 이번 일이 끝나면 모닝콜도 안 해도 돼. 그러니까 도와줘."

아키라는 절실한 표정으로 호소했다.

이런 어이없는 제안을 받아들일 정도로 고백 릴레이에 스트레스를 받고 있었다니.

평상시의 뻔뻔한 표정 뒤에서는 어떻게든 극복해 보려고 필사적이었던 모양이다.

매일 아침의 루틴— 절대 관두지 못하게 하던 모닝콜마저 그만해도 된다고 할 정도로 궁지에 몰린 상황이었을 줄은 솔직히 상상도 못 했다.

모두 허세였다.

이제야 쿠호인 아키라에 대한 이미지가 내 안에서 완전히 달라졌다.

아키라의 절박한 심정을 알게 되니 조금 망설여진다.

텐조 선생님은 살짝 숙이고 있던 얼굴을 드셨다.

"니시키 군, 그렇게 하도록 해."

귀를 의심하는 말이 들렸다.

"제정신이세요? 아까까지 반대하셨으면서."

"쿠호인 양이 정말 곤란한 상황이라면 담임으로서 그냥 둘 수 없어."

"하지만 터무니없는 방법이에요."

선생님께 간접적으로 등을 떠밀린 나는 화가 난 나머지 말을 가리지 않고 부정하고 말았다.

"그럴지도 몰라."

명색이 이웃 협정을 맺고, 영원한 사랑을 원하는 당사자가 다른 여자의 위장 남자 친구가 되어도 좋다고 허락하다니.
전제가 전복되고 만다.
"선생님, 진짜 그래도 돼요?"
나의 물음에 동요하듯 선생님의 속눈썹이 흔들렸다.
"그러니까 이 자리에서 있었던 대화는 못 들은 걸로 할게!"
내면의 갈등을 뿌리치려는 듯 이상하리만치 밝은 목소리로 대답했다.
"그건 교사로서 아무것도 하지 않는 것과 똑같잖아요. 좀 더 제대로 된 해결 방법을 생각해 보자고요. 그렇게 하면 저도 얼마든지 협력할게요."
"교사가 슈퍼맨도 아니고 할 수 있는 일에 한계가 있어. 그러니까 니시키 군……."
텐조 선생님은 표정 하나 흐트러뜨리지 않고 말씀하셨다.
교사로서의 가면은 흔들리지 않는다.
우리 사이를 모르는 사람이라면 그저 눈감아주는 것으로밖에 들리지 않겠지.
다만 당사자인 니시키 유나기와 텐조 레이유만큼은 상황이 다르다.
이런 일은 설령 장난이라고 해도 허용되면 안 된다.
반대 입장이라면 나는 절대 싫다.
물론 텐조 선생님이 속으로는 원치 않는 일이라는 것쯤은 곧바로 이해했다.

“『반 친구로서 쿠호인이 곤란한 상황에 놓였을 때 도와주면 담임으로서 고마울 것 같아』.”

텐조 선생님은 교사로서 마유즈미의 제안을 지지하는 입장을 굳건히 관철했다.

그리고 이 타이밍에 그 대사는 치사하다.

그때는 어디까지나 텐조 선생님을 기쁘게 해드리려고 내가 자발적으로 행동했다.

내 자취방에서 털어놓으신 고민을 해결해 드리려고 지각이 잦은 쿠호인의 모닝콜 담당을 자청했다. 선생님은 또다시 그렇게 해줄 것을 선생님은 넌지시 재촉했다.

“진짜 그래도 돼요?”

나는 한 번 더 확인했다.

쿠호인 아키라를 돕는 것은 이웃 협정을 위반하는 행동이지 않을까?

—제6조, 졸업 때까지 각자 연인을 만들지 말 것.

그런데도 텐조 선생님은 왜 허락한다고 하시는 걸까.

“되고 말고 할 게 어딨어. 난 모르는 일인데.”

텐조 선생님의 미소는 어딘지 모르게 힘이 없었다.

나는 선생님을 매일 보기 때문에 사소한 위화감도 알아차린다. 교사로서의 밝은 캐릭터를 유지하지 못할 정도로 허세를 부리고 계셨다.

아아, 이 사람은 진심이다.

진심으로 나를 통해 문제를 해결하려고 마음을 굳혔다.

아무래도 담임인 텐조 레이유와 이웃 주민인 텐조 레이유의 생각은 다른 모양이다.

사회에 나가 어른으로서 일한다는 것은 이렇게 공사를 구분해야 한다는 뜻일까.

아직 학생인 나에게는 어렵다.

어렵지만 골든위크 때의 경험을 통해 나는 텐조 선생님의 의도를 알아버렸다.

이 사람은 학생을 위해서라면 언제라도 최선을 다한다.

나를 위해서라면 사랑해도 헤어지자는 말을 꺼내는 속 깊은 여성이다.

"오케이! 알겠어요! 하면 되잖아요! 선생님마저 그렇게 하길 원하신다면 제가 NO라고 말할 수 있을 리 없잖아요!"

반은 반발심이다. 나도 사랑의 노예라 거절할 수 없다.

사랑하는 사람이 그걸 원한다면 받아들이는 수밖에 없지 않은가.

"니시키."

아키라도 마음이 놓이는지 표정이 풀린다.

"자, 그럼 레이유 쌤을 포함해서 이렇게 네 사람은 공범이 됐으니 파이팅 하자!"

내가 제안을 차차 받아들인 형태로 문제가 해결됐음을 마유즈미가 박력 있게 정리하며 상담은 끝났다.

선생님은 수영부원의 부름에 연습을 지도하러 곧바로 돌아가셨다.

용무가 해결된 우리도 서둘러 수영장을 나섰다.

나의 발걸음은 분노를 머금어 빨라져 있었다.

—쿠호인 아키라에게 남자 친구가 있으면 다른 남학생이 고백하는 일이 줄어들 것이다.

하나의 유효 수단일 수는 있겠지만 설마 선생님이 허락하실 거라고는 생각도 못 했다.

그 당혹스러움의 여파가 가시지 않았으나 귀갓길에 오른다.

마유즈미는 갑자기 다른 친구를 만나기로 했다며 도중에 가버렸다.

학교에서 역까지 돌아가는 길목에 아키라와 둘만 남겨졌다.

매일 아침 함께 걷는 길이지만 오늘은 훨씬 길게 느껴졌다.

적당한 이유를 대며 늘 들르는 편의점으로 도망칠 생각도 했지만 오늘 그런 행동을 하면 부자연스러움이 눈에 띈다. 그렇게 왠지 모를 어색한 분위기가 사라지지 않은 상태로 대화도 없이 역에 도착했다.

집 방향이 같아서 타고 내리는 플랫폼도 같았다.

도착한 전차는 퇴근 시간대라 혼잡했다. 승객이 꽉 찬 전차에 억지로 올라탔는데 뒤에서 사람들이 계속 들어오는 바람에 아키라와 밀착하는 수밖에 없었다.

"조금만 참아."

떨어지고 싶었지만 떨어지지 못한 상태로 전차가 출발했다.

아키라를 문 쪽에 세우고 나는 팔을 쫙 뻗어 가능한 한 아키라와 거리를 유지했다.

"니시키는 내가 싫어?"

"널 좋아하고 싫어하고의 문제가 아니야."

"하지만 아까부터 아무 말도 안 하잖아."

"뜬금없이 남자 친구라니, 부담스러워."

"그냥 연기라고 생각하면 돼. 나도 그렇게 할게."

혼잡한 전차 안에서 주변 사람들에게 피해를 주지 않으려고 속삭이며 대화를 이어갔다.

"나한텐 그런 배짱이 없어."

연기란 만들어진 역할 또는 설정, 다시 말해 거짓을 진짜인 것처럼 행동하는 것이다.

"평소에 하던 대로 하면 된다니까. 누가 부르면 니시키를 방패 삼아 거절하는 것뿐이니까."

"그걸로 잠잠해질까?"

아무리 생각해도 너무 쉽게 생각하는 것 같아서 불안감이 가시지 않는다.

"나도 갑자기 네가 남친처럼 살갑게 다가오면 곤란해. 일단 한 대 날릴 거야."

"폭력으로 해결하지 마."

나도 모르게 우스갯소리처럼 받아치자 아키라는 미소를 지었다.

"이제야 이쪽을 봐주네."

전차가 커브를 도는 바람에 주변 사람들에게 밀린 나는 아키라와 완전히 밀착되고 말았다.

"아!"

"미안."

"괜찮아. 좁으니까 니시키도 무리하지 마."

아키라가 웬일로 얌전했다.

이렇게 있으니 쿠호인 아키라는 생각보다 작았다.

오만불손한 태도 때문에 눈치채기 쉽지 않지만 쿠호인도 당연히 연약한 소녀다.

그 얼굴을 새삼스레 가까이에서 살펴보니 그 나이 특유의 어린 티나 연약함을 숨기려고 어른스럽고 강한 인상을 주는 메이크업을 한 것을 눈치챘다.

남자는 화장에 대해서 아는 것이 적어 표면적인 것밖에 보지 못한다는 것을 통감한다.

만일의 사태가 벌어지면 내가 지켜야 한다. 그러한 감각이 내 안에서 생겨났다.

"……난 연애 경험이 적어서 아무래도 행동이 소극적이야."

"나도."

"도가 지나친 행동은 하지 마."

"하지만 니시키라면 괜찮아."

아키라의 반응은 평소보다 솔직했다.

평소의 거친 말투 때문에 쉽게 잊어버리는데 많은 남학생에게 고백을 받을 정도로 쿠호인 아키라는 미소녀였다.

평범한 남자라면 좀 쑥스럽긴 해도 뜻밖에 찾아온 못한 남친 역할을 웬 떡이냐 하며 좋아했겠지.

분명, 같은 반 여학생과 사귀게 된다면 지금처럼 어색한 분위기 속에서 시작할지도 모른다. 흔하디흔한 연애, 청춘의 한 토막. 별 탈 없는 상대와 숨길 필요 없는 사랑.

무의식적으로 나쁘지 않다고 생각하고 말았다.

"들키면 엄청 귀찮아질 거야."

나에게 경각심을 주듯 냉혹한 현실을 재확인했다.

"그땐 그때고."

"배짱이 좋은 건 여전하네."

"나에게 악평이 달리는 건 어쩔 수 없지만, 너한테까지 피해가 갈까 봐 걱정돼. 미안해."

"이제 와서 사과하지 마."

"하지만."

"들키지 않게 문화제가 끝날 때까지 우리가 당당하게 행동하면 돼."

"고마워, 니시키."

이왕 이렇게 됐으니 운명에 맡기는 수밖에 없다. 어설픈 연기라도 열심히 해봐야지 뭐.

그리고 때를 봐서 헤어졌다는 소문을 내면 된다.

겨울방학이 지나 짧은 3학기가 끝나면 3학년으로 진급한다. 수험생이 되면 누가 누구와 사귀네 마네 하는 가십에 신경 쓸 여유가 없겠지.

"아, 난 여기서 내려. 그러니까…… 내일부터 잘 부탁해."

"기합 넣고 가자."

"기대할게."

우릴 기다리는 도전을 기대한다고?

쿠호인 아키라는 대체 얼마나 호전적인 걸까.

플랫폼에 내린 아키라는 문이 닫히고 보이지 않을 때까지 내게 손을 흔들어주었다.

막간 2 교사 실격

세 사람이 수영장을 떠난 후에도 쿠호인 아키라 양의 연애 상담이 머릿속에서 떠나지 않는다.

후회스러웠지만 버스는 이미 떠난 후였다. 자신을 아무리 책망해도 소용없다.

하필이면 니시키 군은 끌어들여 그런 결단을 내린 자신에게 놀랐다.

날 그렇게 행동하게 만든 것은 학창 시절의 나를 닮은 쿠호인 양이며, 그 남자 친구 역할이 다른 누구도 아닌 유나기 군이었기 때문이다. 유나기 군이라면 알아서 잘 처신하리라는 확신이 있었다.

그리고 교사라는 입장에서는 내버려 둘 수 없었지만 속으로는 심히 불쾌했다.

공사를 구분하는 것도 정도가 있다.

동일 인간인 이상 능수능란하게 태도를 바꿀 수 없지 않은가.

여러 감정이 쳇바퀴를 도는 상황 가운데 퇴근길 전차에 몸을 싣고 있었더니 유나기 군에게 메시지가 도착했다.

유나기: 오늘 저녁은 반드시 같이 먹어요.

이웃 협정 제6조에 관해서 말씀드릴 게 있어요.

도망치면 용서하지 않을 겁니다.

"완벽히 못을 박았네."

유나기 군은 내 속마음쯤은 진즉에 꿰뚫고 있었다.

화가 난 게 느껴져서 어떻게 답장을 보내면 좋을지 고민했다. 이리저리 머리를 굴려보아도 전부 변명 같아서 메시지를 쓰고 지우기를 반복하는 동안 아파트에서 가장 가까운 역까지 와버렸다.

레이유: 응.

직접 말하지 않는 한 제대로 전달되지 않을 것 같아서 결국 간결하게 답장을 보냈다.

이대로 가려니 내키지 않아 귀갓길 도중에 편의점에 들른다. 이왕 이렇게 된 거 맛있는 거라도 실컷 먹자 싶어서 사과도 할 겸 선물 삼아 눈에 띈 디저트를 잔뜩 담았다.

아파트에 도착한 나는 곧바로 유나기 군의 자취방인 102호실의 벨을 눌렀다.

유나기 군은 앞치마를 두른 채 팔짱을 끼고 현관에서 맞아 주었다.

은은하게 저녁 식사 냄새가 피어오르는 걸 보니 유나기 군은 평소처럼 저녁을 준비한 모양이다.

"다녀오셨어요?"

"응, 다녀왔어. 이거, 선물 사 왔는데 밥 먹고 먹자. 냉장고에 넣어줘."

나의 목에서 나왔다고 생각할 수 없을 정도로 기죽고 패기 없는 목소리였다.

긴장한 탓에 유나기 군의 눈을 못 보겠다.

"……감사합니다. 오늘 저녁은 요청하신 대로 영양 솥밥이에요."

"와, 와아. 맛있겠다."

나는 최선을 다해 기쁜 티를 내보지만 아무래도 부자연스럽게 들렸다.

"먼저 손 씻고 입가심하세요. 저녁은 이야기가 끝난 후에 천천히 먹도록 하죠."

유나기 군이 디저트를 받아 먼저 안으로 들어갔다.

세면장에서 방으로 가니 테이블에는 김이 피어오르는 녹차 두 잔이 놓여 있었다.

"많이 기다렸지."

유나기가 정위치에 앉아 있어서 나도 모르게 늘 앉는 자리에 정좌하고 앉았다.

"화났지?"

"물론이죠."

"미안해!"

"어째서 OK 하신 거예요!! 그걸 받아들인 나도 나지만!!"

내가 사과하자마자 유나기 군도 그 자리에서 하지 못했던 말을 외쳤다.

이곳에서는 교사와 학생이 아니라 나이에 상관없이 그저 이웃 주민일 뿐이다.

우리 두 사람은 대등하다.

"그 자리에서 내가 정색하면서 안 된다고 하면 부자연스럽잖아."

"애초에 이상한 제안이니까 끝까지 시치미를 떼며 안 된다고 해주길 원했다고요."

"나도 그러고 싶었어!"

"솔직히 상처받았어요."

"……나도 계속 마음이 편하지 않았어."

둘은 새삼 의기소침해졌다.

"텐조 씨, 다른 방법은 없었던 걸까요?"

"있었다면 내가 그 자리에서 제일 먼저 말했을 거야."

"하지만 용인하셨죠."

유나기 군은 불만을 숨기지 않는다. 그야 그럴 테지.

"애초에 유나기 군은 쿠호인 양을 도와준 전력이 있잖아."

나는 결국 입을 삐쭉이며 토라진 듯 속마음을 털어놓고 말았다.

"그건 텐조 씨에게 힘이 되고 싶은 마음에서 시작한 거라고요. 아니, 반년이나 지난 일을 이제 와서 꺼내지 마세요."

"어, 어쩔 수 없잖아! 마음 한구석에는 찜찜한 기분이 남아 있는걸."

유나기 군의 말대로 내가 한 말이 계기가 되었다. 그것이 돌고 돌아 이렇게 내게 돌아왔다. 자업자득이자 자승자박이다.

그럼에도 내 주변에 있는 사람들은 자상하다.

무의식적으로 나와버린 도와달라는 사인을 눈치채고 힘이 되어 준다.

그것을 감사하기는커녕 원망하는 것은 도리가 아니다.

무의식중에 응석을 부리는 것은 언제나 나였다.

"아무리 그래도 그 타이밍에서 그렇게 말씀하시면 어떡해요! 너무 비겁해요!"

"너만 알아들을 수 있는 말은 그 정도밖에 없잖아. 암호라고!"

물론 킬러 문장이라 효과는 즉각적이다.

유나기 군은 내 의도를 곧장 헤아렸다. 다 이해하고서 승낙한 것이다.

그 사실이 기쁘기도 하고 조금 서글프기도 했다.

"어차피 비밀 회담을 할 거면 좀 더 즐거운 화제가 좋았을 텐데."

"동의해."

자연스럽게 유나기 군과 서로를 마주 봤다.

"……."

"……."

"이제 그만할까요? 너무 소모적이에요."

"찬성. 마음이 아파 죽을 것 같아……."

앞으로 벌어질 일을 생각만 해도 기분이 가라앉는다.

"왜 그렇게 아키라 편을 드세요?"

유나기 군은 신기한 모양이었다.

유나기 군의 입장에서 내 판단은 불가사의 그 자체겠지.

"쿠호인 양의 심정은 아플 정도로 잘 알아. 나도 무리하면서까지 허세를 부렸고 상처받은 나를 속이면서 남들이 보지 못하게 감추었었거든."

"텐조 레이유와 쿠호인 아키라는 다른 사람이에요!"

"하지만 상처받은 이상, 어떻게든 도와주고 싶었어."

"예전의 자신을 보는 것 같아서 그냥 둘 수 없었단 건가요?"

유나기 군은 전에 없이 떨떠름한 얼굴이었다.

"응."

유나기 군은 한숨을 푹푹 쉰다.

"선생님은 정말 끔찍이도 학생을 생각하시네요. 본인이 상처받는 결단을 또 반복하시다니. 찜찜한 마음이 남아 있는데 무리하면 텐조 씨가 망가지실 거예요."

"덤으로 너까지 끌어들이다니, 최악이네."

"누가 아니래요. 저 말고 다른 남자였다면 화를 내든지 대놓고 악용했을 거예요."

"악용이라니?"

"바람피우는 걸 버젓이 인정한 거잖아요."

"그런 뜻이 아니야!"

나는 정색하며 부정하려고 일어서다가 보기 좋게 균형을 잃었다. 무릎을 꿇고 앉아 있었던 탓에 다리가 저렸다.

유나기 군이 끌어안으며 붙잡는 형태로 포개지듯 바닥에 쓰러졌다.

"저기, 이건 우연히 벌어진 사고라고 치죠."

유나기 군은 곧바로 떨어지기 위해 내 등 뒤로 둘렀던 팔을 빼려고 했다.

"……오늘은 평소보다 수영을 오래 했어."

"네?"

"내일 틀림없이 근육통에 시달릴 테고 저녁도 안 먹어서 배도 고프고 힘도 없어."

"그렇다는 건……."

"못 움직이겠어."

"……저도 저녁 준비를 하느라 지쳤으니 잠깐 쉴게요."

내가 에둘러 말한 희망 사항을 눈치채고 힘을 뺐다.

몸이 맞닿은 상태로 체온이 느껴지자 나도 모르게 눈물이 터질 것 같았다.

"바람피우는 것을 허락하는 건 줄도 모르고 그런 말을 한 거군요."

"……윽."

절대적인 신뢰를 반대로 표현했을 뿐인데 그것이 바람을 허락하는 뜻이 될 줄이야. 그런 발상은 머릿속에 티끌만큼도 없었다.

나의 발언이 연타를 가하며 큰 상처를 남겼다.

"……유나기 군을 믿으니까."

가까스로 내 진심만큼은 전한다.

"믿는다는 사람의 얼굴이 아니잖아요. 불안으로 꽉 찼는데요, 뭘."

"그건……."

유나기 군이 내 눈물을 손으로 슬쩍 훔쳤다.

"허세를 부리시려면 좀 더 실감 나게 하세요. 저야말로 죄책감 때문에 죽겠어요."

"유나기 군이 죽으면 곤란해. 미망인은 싫어~."

아이처럼 떼를 써봤다.

결혼조차 하지 않았는데 별걱정을 다 한다 싶겠지만, 그러한 미래는 상상만 해도 슬퍼진다.

되도록 오래오래 언제까지라도 함께 있고 싶다.

그것이야말로 내가 동경하는 영원한 사랑이다.

"이러면 누가 연상인지 모르겠잖아요."

"차라리 네가 어른이었다면 이렇게 고민하지 않아도 됐을 텐데."

"저는 매일 그렇게 생각해요."

유나기의 동의에 절로 미소가 지어졌다.

"하지만 교사와 학생이 아니었다면 우린 만날 수 없었어."

"저희 가족에게 문제가 없었다면 자취하지 않았을 테고, 텐조 씨의 옆집에 살지도 않았겠죠."

"내가 딸기를 나눠주러 오지 않았다면 서로의 존재를 몰랐을 거야."

인생이란 참 신기하다.

싫은 일이나 괴로운 일이 있어도 그 결과가 새로운 행복이나 즐거움을 선물해 주기도 한다. 지금 실패했다고 모든 것이 끝나는 것은 아니다.

"제가 감기에 걸렸을 땐 간호를 해주셨고, 여동생과의 관계로 고민할 땐 굳이 바다까지 데려가서 자기 마음을 억누르고 제 등을 밀어주셨어요. 그리고 이번에는 제자의 위장 남자 친구가 되어달라고 하셨죠. 본인이 가장 싫으면서."

"……윽."

모든 것을 간파한 유나기 군의 다정함이 가슴에 사무쳤다.

결점투성이인 나를 버리지 않고 지켜주다니 연하인 유나기 군은 사람이 너무 좋다.

"그래서 걱정되니까 내버려두지 못하겠어요. 니시키 유나기는 텐조 레이유가 정직하고 타산이 없어서 좋아하게 된 거라고요."

"……다른 아이한테 마음 주지 않을 거지?"

사라지지 않는 일말의 불안이 시시한 확인을 부추겼다.

필시 얼마 전에 나눈 절친과의 통화 내용 때문이리라.

『철벽인 연상녀보다 가능성이 있는 동급생에게 마음이 흔들릴지도 모르지.』

그러면 육체관계를 맺으면 마음을 붙잡을 수 있나?

그건 절대 아니다.

부모님은 날 낳았음에도 서로에게 등을 돌린 채 각자 다른 상대에게 가버렸다.

영원한 사랑은 이 세상에 존재하지 않는 환상인 걸까. 이룰 수 없는 꿈인 걸까. 사정에 따라 달라지는 거짓인 걸까.

이 가슴에 피어난 연심도 부모님이 그러하셨듯 언젠가 다른 곳으로 옮겨 가버리는 걸까?

누군가를 이토록 좋아해 본 적이 없어서 어떻게 될지 몰라 무섭다.

—영원한 사랑을 원하면서 그 누구도 아닌 내가 의심하고 있었다.

"텐조 씨?"

"미안해. 바보 같은 걸 물어서."

"걱정하지 마세요. 열심히 거짓말을 하는 것뿐이니까."

"학생에게 거짓말을 하라고 시키다니 교사 실격이야."

"교사도 사람이니까 완벽할 리 없어요."

"그렇게 다정하니까 다른 아이도 착각하는 거야……."

그 매력이 때때로 무서워진다.

"그렇게 말씀하시니 귀가 따갑네요."

"카구야 양이 유나기 군을 좋아하는 건 어쩌면 당연해."

"저 혼자서는 도무지 어쩔 방법이 없었던 가족 관계가 회복된 건 텐조 씨가 계셨기 때문이에요. 저는 텐조 씨 말고 다른 사람은 생각할 수 없어요."

"넌 어쩜 그런 말을 얼굴색 하나 안 바꾸고 할 수 있어?"

유나기 군의 가슴에서 몸을 일으키며 따졌다.

얼굴이 뜨겁다. 분명 귀까지 새빨개졌겠지.

"반대로 텐조 씨는 말을 너무 아끼세요. 말이 나온 김에 말해주세요. 텐조 씨는 저를 어떻게 생각하세요?"

나를 올려다보는 그는 환한 미소로 대답을 요구한다.

"아, 그건, 그러니까."

횡설수설해 버린다.

"네? 뭐라고요? 선생님, 잘 안 들려요. 좀 더 확실히 말해주세~요."

"수업 중인 듯한 말투로 말하지 마! 어른을 놀리면 못써!"

"학생의 순정을 가지고 노는 사람에게 듣고 싶진 않네요."

"가지고 놀아?! 그런 짓 안 했어!"

"현재진행형인데요."

"뭐?"

그 말을 듣고 내가 바닥에 쓰러진 유나기 군 위에 걸터앉아 있다는 걸 깨달았다.

비슷한 부분을 절친에게도 지적받았었다.

「그 아이의 순정을 가지고 노는 걸 즐기는 게 아닌 거, 진짜지?」라는 말이 메아리친다.

이, 이런 거였어~?!

나도 모르는 사이에 또 파렴치한 짓을 하고 말았다.

"절 덮치신 것 같은데요."

"아니야!!"

몸을 뒤로 빼며 침대 가장자리까지 단숨에 거리를 뒀다.

"침대에서 계속하시게요?"

"됐으니까, 저녁 준비나 해! 저녁 먹자!"

나는 조금 전 일을 흐지부지 넘기려고 최대한 허세를 부렸다.

유나기 군은 웃으면서 늘 그랬듯 용서해 줬다.

속내를 주고받았고 맛있는 식사도 함께 먹었다.

그것만으로도 있는 그대로의 나를 되찾았다.

지금은 이대로도 충분하다.

괜찮다. 문화제가 끝날 때까지만이니까.

분명, 잘 될 것이다.

하지만 현실은 녹록하지 않다. 바라고 생각한 대로 흘러가지 않는다.

다음 날, 학교에 가자 충격적인 뉴스가 귀에 들렸다.

"텐조 선생님, 그거 아세요? 쿠호인이랑 니시키가 사귄대요!"
어제 우리가 꾸민 거짓이 오늘은 진실처럼 퍼져 있었다.

제3장 사랑에 빠진 여자는 거짓을 말한다

그 일이 있었던 직후라 아키라에게 모닝콜 하기가 상당히 껄끄러웠지만 이것도 내가 시작한 일이다. 난 기합을 넣고 전화를 건다.

평소에는 비교적 금방 전화를 받는데 연결음이 계속 이어졌다.

"별일이네. 늦잠이라도 자나?"

아키라도 이래저래 생각할 게 많았겠지. 고민하다가 늦게 잠이 들었을지도 모른다.

조금 있다가 나중에 다시 걸까.

이제 와서 지각해버리면 본말전도다. 내가 모닝콜 담당인 동안에는 절대 지각하는 일 없이 등교시킬 것이다.

전화를 끊으려던 그 순간, 아키라가 전화를 받았다.

『여보세요! 니시키?』

"좋은 아침, 아키라. 오늘 아침엔 대놓고 늦잠이라도 잔 거야?"

자다 깬 것치고는 평소보다 목소리가 또렷하다.

게다가 왠지 초조해하는 기운도 느껴졌다. 뒤쪽에서는 뭔가 평소에 듣지 못했던 소리가 들렸다. 침대 위가 아닌 거야?

『미안, 지금 좀 정신이 없어서 끊을게! 늘 만나는 시간에 역에서 봐! 끊어!』

일방적으로 용건을 말하더니 전화를 끊었다.

“……뭐야, 대체.”

평소였다면 주절주절 늘어놓는 쓸데없는 이야기를 들어줘야 했을 텐데. 아무튼 일어나 있었던 모양이다.

위장 커플 행세를 해야 하는 게 영향을 미친 걸까.

아니다. 어디까지나 연기다. 그렇게까지 세심하게 공들일 일도 아니다.

그 아키라가 어디 가겠어.

나는 고개를 저으면서 조식을 준비해 텐조 씨가 오시기를 기다렸다.

하지만 아무리 기다려도 그녀는 오지 않았다.

걱정스러운 마음에 전화를 걸어봐도 받지 않았다.

“어? 오늘 아침은 필요 없다고 말씀하셨었나?”

어제 나눈 대화를 떠올려보고 주고받은 메시지를 확인해 보아도 그러한 연락은 없다.

이러는 동안에도 시간은 1초 또 1초 흘러갔다.

“……이미 학교에 가신 거라면 상관없어. 혹시나 해서 그런 거야. 혹시나 해서.”

걱정스러운 마음에 나도 모르게 옆집 상황을 확인하러 갔다.

103호의 인터폰을 누른다.

침묵. 대답이 없다.

나는 한 번 더 인터폰을 눌렀다.

“텐조 씨, 니시키예요. 아직 안에 계세요? 벌써 나가신 거예요?”

그러자 안에서 황급함이 느껴지는 발소리가 다가왔다.

"미안! 늦잠 잤어!"

침대에서 벌떡 일어났을 것 같은 텐조 씨는 막 일어난 듯한 모습으로 문을 열었다.

눈앞에 나타난 미녀는 맨얼굴임에도 예뻤다. 머리카락이 헝클어져 있든 잠옷 차림이든 여전히 매력적이다. 위쪽 단추가 풀려 있어서 가슴골이 훤히 보인다. 그리고 잘 때는 속옷을 착용하지 않는지 움직일 때마다 얇은 잠옷 밑에서 가슴팍의 커다란 과실 두 개가 출렁출렁 흔들렸다.

"조, 좋은 아침입니다."

나는 시선을 피하면서 인사했다.

"와줘서 진짜 고마워! 나도 모르게 다시 잠들었어!"

"그런 거라면 다행이네요. 그보다 텐조 씨, 저기……."

"왜 그래? 니시키 군. 얼굴이 빨갛네. 혹시 열나?"

"그게, 눈을 어디 둬야 할지 모르겠어요."

나의 지적에 그제야 자신의 옷차림을 눈치챘다.

"세상에! 안 돼! 보지 마!"

텐조 씨는 현관에 주저앉아버렸다.

"죄송해요! 이만 갈게요! 어서 준비하세요."

나는 황급히 오른쪽으로 돌아 현관을 닫았다.

외부 복도에서 나도 모르게 크게 한숨을 내쉬었다.

아침부터 자극적인 광경이었다.

만약 정식으로 사귀는 중이었다면 대체 어떻게 됐을까.

"저기~ 니시키 군."

텐조 씨가 조심조심 문을 열고 얼굴만 내밀었다.

"네! 왜요?"

"고마워."

"아니에요. 천천히 준비하세요. 가시기 전에 잠깐 들려주시고요."

"응? 알겠어."

나는 자취방으로 돌아와 그녀가 준비하시는 동안 아침을 도시락통에 옮겨 담았다. 어제 만든 영양 솥밥을 주먹밥으로 만들면 한 손으로도 쉽게 먹을 수 있을 것이다.

늦잠을 주무신 원인은 나와 아키라 때문이겠지.

아무리 괜찮은 척해도 말로는 괜찮다고 우겨도 속마음까지는 숨길 수 없다.

내가 할 수 있는 일은 그녀의 불안이나 불만을 그나마 가볍게 해드리는 것뿐이다.

아니다. 이 정도밖에 할 수 없는 나에게 화가 났다.

여러 감정이 복잡하게 얽히는 와중에 자취방 초인종이 울렸다.

"아침 도시락을 준비했어요. 틈날 때 드세요."

"유나기 군, 센스가 뛰어난데? 배려심이 남달라. 하나부터 열까지 고마워!"

텐조 씨는 감동해서 어쩔 줄 몰라 하셨다.

내가 건넨 도시락통을 보물 상자처럼 정중하게 다루는 것이 왠지 우스꽝스러웠다.

"오버하지 마세요."

"이제 유나기 군이 없으면 난 아무것도 못 해."

다급한 상황이라 그런지 평소였다면 하지 않았을 말이 그녀의 입에서 흘러나왔다.

꾸미고 짜맞출 여유가 없는 순간에 나온 말이야말로 진실일 것이다.

기뻐서 점프라도 하고 싶다.

"저도 마찬가지예요. 텐조 씨가 없으면 안 돼요."

"……윽."

그녀도 부끄러운 듯 수줍어하며 머뭇거렸다.

"자, 지각하겠어요. 다녀오세요."

"응! 다녀올게!"

나는 텐조 씨의 모습이 코너를 돌아 사라질 때까지 계속 지켜보았다.

학교에서 보여주는 어른스럽고 카리스마 넘치는 텐조 레이유 선생님도 예쁘고 멋지지만, 역시 옆집 누나로서의 텐조 레이유는 너무나도 사랑스럽다.

그녀의 미소는 언제나 태양처럼 내 마음에 빛을 비춰준다.

잔뜩 찌푸린 하늘처럼 가라앉았던 기분을 순식간에 파란 하늘로 바꾸어주었다.

☼☼☼

역에서 아키라와 합류했을 때부터 왠지 모를 이상한 시선이 느껴졌다.

여기저기서 힐끔힐끔 쳐다보고 쑥덕쑥덕 귀엣말을 했다.

당연히 또 아키라가 주목을 받는 줄 알았는데, 오늘 아침은 웬걸 나도 체크 당하는 기분이 들었다.

"오늘은 편의점에 들르지 않아도 돼. 어서 가자!"

아키라의 재촉하는 듯한 말투에 떠밀려 학교까지 직행했다.

승강구 근처에서는 쳐다보는 시선이 한층 강해졌다.

"우리, 뭔가 이상한 데라도 있어?"

"굳이 지적하자면 네 머리가 너무 길어."

"아~ 요즘 좀 바빠서 자르러 갈 시간이 없었어."

길어버린 앞머리는 어느샌가 눈앞을 가릴 정도였다.

평일에는 방과 후에 장을 보러 가거나 식사 준비 등의 집안일을 하고, 휴일에는 본가에서 지내는 시간이 늘었으며 여름방학 때부터 시작한 카페 아르바이트를 2학기가 된 지금도 계속하고 있어서 이발은 뒷전으로 밀렸다.

"눈을 가리는데 거추장스럽지 않아?"

"여자들은 앞머리가 있는 게 미남이라고 착각하잖아."

나는 적당히 둘러댔다.

남자 아이돌은 앞머리가 생명이다. 연주 중인 밴드맨도 눈앞을 가릴 정도로 머리카락이 길면 멋있게 보인다. 선례를 따르는 것뿐이다, 라고 해두자.

"그런 건 분위기를 노린 자신감 없는 녀석들의 테크닉이야."

자비 없는 발언을 과감히 쏟아냈다.

"게다가 니시키는 딱히 분위기를 연출할 필요가 없잖아."

"아키라는 내 얼굴이 괜찮은 편이라고 생각하는 거야?"

"……."

"왜 갑자기 아무 말도 안 해?"

"본인 앞에서 진실을 어떻게 말하냐?"

아키라는 부자연스럽게 얼굴을 뒤로 젖혔다.

"못생겼다고 둘러 말한 거지?"

"니시키는 얼굴을 드러내는 게 나아."

"아키라는 깔끔한 헤어스타일이 좋아?"

"청결한 게 좋잖아. 나는 분위기에 속는 헤픈 여자가 아니야."

"그런 말을 하면 적이 또 늘어나."

여긴 학교 계단이다. 누가 들을지도 모른다고.

"아무튼 지금처럼 아무렇게나 기르는 건 니시키와 어울리지 않으니까 하다못해 고무줄로 좀 묶지?"

"그런 걸 가지고 있을 리 없잖아."

의도적으로 머리를 기르는 남자가 아니라면 헤어 고무줄 같은 건 가지고 다닐 리 없다.

"자."

아키라는 천천히 자기 손목에 끼고 있던 헤어 고무줄을 빼서 나에게 건넨다.

“어쩌라고?”

“내가 묶어줄게.”

아키라가 내 앞에 섰다.

“뭐?”

아키라는 내 앞머리를 확 잡아 움켜쥐더니 아귀의 촉수처럼 묶었다.

오, 시야가 넓어져서 빛의 양이 많아진 기분이 든다.

“엉성해.”

“이렇게 묶는 거 말고 다른 방법이 있어?”

“이런 건 여자들이 더 잘 알잖아.”

“해 준 것만으로도 고맙게 생각해.”

“예예. 마치고 돌려줄게.”

“너 가져.”

“그래도 돼?”

“네가 사용한 건 안 써.”

“사람을 병원균 취급하다니.”

“정말 그렇게 생각한다면 알코올 스프레이를 뿌렸을 거야.”

“……나중에 돈 달라고 하지 마.”

“안 해. 헤어 고무줄 정도는 그냥 고맙게 받아.”

“그럼 잘 쓸게.”

걸을 때마다 앞머리가 달랑거린다.

그리고 교실에 도착한 순간, 서프라이즈처럼 성대한 축하를 받았다.

폭죽이 여기저기서 터졌고 떠들썩한 축하 인사가 쏟아졌다.

주변의 텐션을 따라가지 못한 우리는 교실 한가운데서 얼음이 되고 말았다.

“이게 대체 무슨 일이야?”

“글쎄.”

나와 아키라는 상황 파악을 전혀 못 하고 있었다.

단 하룻밤 사이에 어째서 우리가 학급 공식 커플인 된 거야?

나는 물론이고 텐조 선생님이 말씀하고 다녔을 리도 만무했다.

아키라를 쳐다보았지만 아무것도 모르는 눈치다.

그렇다면 소거법에 따라 소문을 퍼뜨린 범인은 한 명밖에 없다.

“아키아키, 닛키. 축하해. 정말 잘 어울리는 커플이야!”

마유즈미가 여봐란듯이 큰 목소리로 외치자 반 아이들도 축하 메시지를 쏟아냈다.

이 야단법석 난리통을 당사자들만 즐기지 못한다.

“니시키, 쿠호인을 맡길게. 행복하게 해줘야 한다.”

느닷없이 어깨에 손을 얹은 남학생은 어제 아키라에게 차였던 옆 반 녀석이다.

아니, 너하고는 일면식도 없는데 너무 친한 척하는 거 아니냐?

아닌 게 아니라 다른 반에서 온 구경꾼이 늘어서 2학년 C반 교실의 인구밀도를 초과했다. 사람이 너무 많이 모였잖아!

소란을 떠는 사이에 조례 시간이 되어 텐조 선생님이 오셨다.

"이게 대체 무슨 소란이야?"

"텐조 선생님, 그거 아세요? 쿠호인과 니시키가 사귄대요!"

반 친구의 보고에 텐조 선생님은 말문이 막힌 듯 보였다.

정신적인 충격을 제대로 받으셨군.

하지만 그 부분은 사회인의 책임감이겠지.

텐조 선생님은 곧바로 표정 관리를 하면서 철저히 교사답게 행동하셨다.

그러한 사소한 변화를 간파하다니 내가 생각해도 참 대단하다.

자랑은 아니지만 텐조 선생님에 관한 것이라면 누구에게도 지지 않는다.

"모두 자기 교실로 돌아가고 너희도 자리에 앉아. 조례를 시작할게."

호기심 가득한 시선을 등 뒤로 느끼면서 나도 겨우 자리에 앉았다.

눈앞에 서 계신 선생님의 표정은 왠지 모르게 험악했다.

어제와 판이한 오늘의 급전개를 도무지 따라가지 못하겠다. 변화가 너무 급작스럽다.

"……니시키 군, 그 고무줄은 뭐야?"

"빌렸어요, 아키라한테."

딱히 다른 뜻은 없었는데 괜히 대답하기가 꺼려졌다.

"그래?"

선생님의 반응은 어딘가 모르게 의미심장했다.

나는 즉시 앞머리에서 헤어 고무줄을 뺐다.

나는 점심시간이 되자마자 마유즈미에게 사정을 확인하고자 했다.

하지만 그보다 한발 먼저 같은 반 여자아이들이 기다렸다는 듯 나를 에워쌌다.

"닛키, 아키아키와 어떻게 사귀게 된 건지 궁금해. 말해줘!"

마유즈미에게 선수를 빼앗겼다.

"아, 저기 아직 점심을 안 사 와서 지금은 좀……."

부드럽게 거절해 본다.

"그건 신경 쓰지 마. 우리 도시락과 간식을 나눠줄게!"

연애담에 굶주린 여고생들에게 또래 커플 탄생은 최고의 뉴스였다.

"자, 쿠호인이랑 나란히 앉아. 어서!"

아키라도 잡혔다. 이야기를 듣고 싶어 하는 같은 반 남녀학생들이 아키라의 자리를 빙 둘러 포위하고는 도시락을 펼쳐놓고 기다리고 있었다.

나를 쳐다보는 아키라의 눈이 어서 구하러 오라고 호소했다.

아무래도 포기하는 수밖에 없다.

나는 창가로 연행되어 아키라의 앞자리에 앉게 됐다.

"2학년 C반에서 멋진 커플이 탄생한 경사스러운 일을 기념해서 기자회견을 열겠어."

마유즈미는 마치 다른 아이들과 마찬가지로 오늘 알게 된 것처럼 연기하며 회견을 진행했다.

공범자인 마유즈미 리리카는 한마디로 바람잡이다.

나와 아키라의 관계가 위장 커플이라는 것을 모르는 척하며 어디까지나 자연스러운 반응으로 정보를 확산시키려고 했다.

물론 바람을 잡아달라고 부탁한 적 없다.

당사자인 우리의 의도 따윈 안중에도 없이 마유즈미의 자발적인 행동과 발언에 따라 상황이 시시각각 변해간다.

퇴로를 완벽하게 차단당해 빠져나갈 구멍을 잃어버리면 어쩌지.

흐름을 컨트롤할 수 없다는 불안감은 아키라도 마찬가지인 모양이다.

옆에 있는 아키라는 평소와 다르게 말이 없었다.

"어쩐 일로 얌전하네? 평소처럼 강제로 뿌리치고 도망 안 가?"

"괜한 짓을 했다가 너한테 민폐를 끼치면 안 되니까."

기특한 짓을 할 때도 있군.

평소의 가시 돋친 언행이 한풀 꺾였다.

"자, 약속했던 도시락이야."

여자 그룹의 대표가 나에게 점심을 건넸다.

"필요 없어."

거절한 것은 다름 아닌 아키라였다.

"점심을 먹지 않으면 오후 수업 때 힘들어……."

받을 수 있는 건 받자는 주의인 나는 고마운 마음으로 받고 싶었다.

"그런 거라면 걱정 안 해도 돼."

"왜?"

"……도시락, 싸 왔어."

아키라는 쑥스럽다는 듯 자신의 가방에서 도시락 두 개를 꺼냈다.

예상 밖의 일에 나는 진심으로 놀랐다.

마유즈미도 몰랐던 눈치라 아키라의 자발적인 행동인 것 같다.

도시락 뚜껑을 열자 흰 쌀밥과 메인 반찬인 매콤하게 구운 고기채소말이와 각종 사이드 반찬이 다채로운 색깔을 자랑했다. 남자라도 포만감을 느낄 수 있을 것 같고, 영양균형도 꼼꼼히 신경 쓴 메뉴가 먹음직스럽게 도시락에 들어 있었다.

"이거 전부 아키라가 직접 만든 거야?"

"물론이지."

"아침에는 가뜩이나 바쁜데……."

"적당히 담기만 하면 되는데 뭐."

"아키라가 요리를 할 수 있는지 몰랐어."

"육상부 시절에는 몸을 만들어야 하니까 영양에도 신경을 썼

었고, 부모님이 일 때문에 늦게 오실 때는 내가 차려서 먹어."

"아키아키, 이상적인 여친이야!"

마유즈미는 흥분해서 외쳤다.

"쿠호인, 설마 헌신적인 타입이야?!"

"얼굴도 예쁜데 가정적이라니 치사해! 너무 완벽하잖아!"

"이러면 니시키는 마음뿐만 아니라 입맛까지 사로잡히겠는데?"

"현모양처가 될 것 같은 예감이 들어!"

"반전 매력 최고!"

"이야~, 평소에는 새침한데 좋아하는 사람에게는 수줍어할 줄도 알다니 좋은 구경 했어!"

"쿠호인, 귀여워."

"청춘이구나, 청춘. 부럽다."

"왜 니시키인 거야! 나도 여친이 있으면 좋겠어!"

"좋겠다. 여친이 직접 도시락도 싸 오고."

"나도 한입만— 아, 안 되겠지?"

마지막 발언은 아키라가 노려보면서 입을 다물게 했다.

어쨌든 아키라가 보여준 새로운 모습에 반 아이들은 긍정적인 반응을 보였다.

"니시키, 얼른 먹어."

"그럼, 잘 먹을게."

나는 곧장 고기말이를 입안 가득 넣었다. 매콤한 맛이 식욕을 한층 돋우고 달달한 고기 지방에 채소의 식감이 포인트가 되어 상당히 맛있었다. 식재료의 크기도 균일하고 간의 균형도 절묘하다. 이것은 요리를 자주 하는 사람이 만들 수 있는 완성도다.

"응. 맛있어!"

"다행이다."

아키라는 대놓고 안도했다.

"그렇게 긴장했었어?"

"니시키는 평소에 요리를 하니까 맛의 기준이 높을 것 같아서 부담이 컸어."

"편을 들어줄 필요가 전혀 없을 정도로 맛있어. 자신감을 가져도 돼."

"……고마워."

질의응답은 부드러운 분위기 속에서 밥을 먹으며 진행됐다.

대부분 아키라에게 질문이 쏟아졌는데 아키라는 딱히 사전에 입을 맞춘 것도 아닌데 술술 대답했다. 마치 대답을 미리 준비해 놓은 것처럼 주저함도 막히는 부분도 없다.

"좋아하게 된 이유는 얼굴? 성격?"

"둘 다."

"단도직입으로 니시키를 의식하게 된 계기는?"

"내가 지각하는 걸 걱정해 줬을 때부터."

"니시키의 어디가 마음에 들었어?"

"대화할 때 피곤하지 않은 점."

"아침마다 같이 등교하는 건 우연이야?"

"니시키가 기다려줬어."

"연락은 얼마나 자주 해?"

"매일."

"왜 지금 이 타이밍에 사귀게 된 거야?"

"다른 애들이 고백하는 게 귀찮아서."

"고백은 누가 했어?"

"나."

"주도권은 누가 쥐고 있어?"

"나."

여전히 애교라고는 찾아볼 수 없는 짧은 답변뿐이다.

하지만 지금까지와 달리 풋풋한 감성으로 수줍어하니 호의적으로 받아들여지는 것 같았다.

거짓말을 하지 않는 범위 안에서 아슬아슬하게 사실을 기반으로 대답하는 것을 보고 혀를 내두른다.

나도 죄다 처음 듣는 이야기들뿐이다.

쿠호인 아키라가 자기들과 마찬가지로 고등학교 2학년이라는 사실이 모두에게 전해졌겠지.

하나씩 대답할 때마다 분위기를 띄우는 추임새 같은 반응이 되돌아왔다.

"데이트는 자주 해?"

"사생활은 존중해줬으면 좋겠는데."

마치 휴일에도 만나는 것처럼 들린다. 참 잘도 두루뭉술 넘겼다.

"그럼, 문화제 때도 역시 교내 데이트할 거야?"

"그건 리리카가 조정할 테니까 맡겨줘!"

무슨 이유에서 인지 아키라보다 마유즈미가 먼저 대답했다.

"리리카, 기대가 커."

"아키아키를 위해서라면 이 한 몸을 불사를 준비가 돼 있어!"

마유즈미의 기합이 왠지 무섭다.

"그럼, 반대로 니시키가 고쳤으면 하는 부분은?"

"—너무 다정한 점."

아키라는 신묘한 얼굴로 대답했다.

나는 어떻게 해석하면 좋을지 몰라 당황스러웠다. 칭찬으로도 비난으로도 들렸기 때문이다.

하지만 반 아이들은 순순히 긍정적인 의미로 해석하고 꺅꺅 소리를 질렀다.

"니시키는 이름으로 부르는데 쿠호인은 왜 아직 성으로 불러?"

지금까지 술술 대답하던 아키라의 대답이 갑자기 멈춘다.

"쿠호인?"

"……익숙하지 않으니까."

아키라의 볼이 순식간에 물들었다.

뭐? 그런 이유로 여태껏 성으로 불렀던 거야? 나는 당연히 필요 이상으로 친해지고 싶은 생각이 없어서 이름으로 부르지 않는 거라고 생각했었다.

그 반응에 모여 있던 급우들은 오늘 들었던 것 중 가장 큰 휘파람을 불며 놀려댔다.

☼☼☼

니시키 유나기와 쿠호인 아키라가 교제한다는 뉴스는 대강 호의적인 형태로 학교 안에 퍼졌다.

처음 목적대로 아키라에게 고백하는 사람은 거의 제로가 되었다.

“내가 훨씬 낫잖아.”

그렇게 말하면서 세게 나오는 녀석도 있었지만 역시 이미 사귀는 사람이 있다는 거절 문구는 효과 만점이었다.

급우들이 따뜻한 시선으로 우리를 지켜보는 분위기가 아키라를 노리는 녀석을 퇴치하는 데 한몫하는 거겠지.

아키라는 철저히 여친 역할을 수행했는데, 노골적으로 스킨십은 하지 않았지만 자연스럽게 위장 남친인 내 옆으로 왔다. 교실을 이동할 때나 쉬는 시간에 나와 아키라는 붙어 있으면서 학급 공식 커플 이미지를 강화시켰다.

둘이 함께 행동하는 시간이 늘어감에 따라 아키라의 태도는 둥글둥글해졌다.

과민하고 공격적이던 반응이 점차 줄어들었고 톡톡 쏘던 말투도 사라졌다.

그랬더니 신기하게도 반 아이들이 아키라에게 말을 거는 횟수가 예전에 비해 눈에 띄게 늘었다. 아키라 또한 소소한 화제에도 웃으면서 대화의 캐치볼을 즐기는 듯 보였다.

나는 아키라가 무리 속에 들어가 어울리는 광경을 흥미진진하게 지켜보았다.

동시에 문화제 준비도 착착 진행되었다.

학급 리더가 된 마유즈미의 적확한 진두지휘 아래 방과 후에 여유가 있는 사람을 중심으로 내부 인테리어에 착수했다.

귀가부인 나와 아키라도 남아서 돕던 중, 사사건건 마유즈미의 고의적인 조치로 인해 단둘이 작업을 맡은 적도 많았다.

아키라도 딱히 거절하지 않아서 나도 받아들였다.

모든 것이 순조롭게 흘러간다.

물론, 텐조 선생님을 빼면 말이다.

아키라와 학교에서 가깝게 지낼수록 텐조 씨도 아파트에서의 행동이 눈에 띄게 달라졌다.

"유나기 군, 비프스튜를 많이 만들었으니 나눠줄게. 자."

휴일. 토요일 저녁 무렵, 느닷없이 냄비를 통째로 들고 오셨다.

"고, 고맙, 습니다."

"어젯밤부터 끓인 거라 맛있어."

"그렇게 손이 많이 가는 방법으로 만드셨어요?! 낮에도 계속 대청소를 하시는 것 같던데."

오늘은 옆집에서 청소기 소리가 불연속적으로 들렸다.

"응! 신경 쓰이던 곳을 깨끗이 치우고 싶었거든. 쇠뿔도 단김에 빼라잖아. 입지 않는 오래된 옷도 전부 처분했어! 옷장에 빈 곳이 있는 것만으로도 마음에 여유가 생기더라. 싱크대처럼 물을 사용하는 곳이 반짝반짝해지니 기분 좋아!"

활기차게 설명하는 눈이 초롱초롱 빛난다.

"대, 대단하세요……."

너무 한꺼번에 처리하시는데? 지나치게 활동적이다.

평일에 일하는 직장인이니까 휴일에는 푹 쉬면 좋겠다.

"이제 내 힘으로 QOL(삶의 질)을 올려보려고. 바이바이, 칠칠치 못한 생활이여. 내가 얼마나 유나기 군의 호의에 응석을 부렸는지 통감했어. 지금까지 정말 미안해!"

내가 공포를 느낄 정도로 텐조 씨는 흥분한 상태였다.

물론 짐작 가는 구석이 있다.

아키라의 위장 남친 행세를 시작한 후로 매일 식사를 마치면 오래 머물지 않고 내 자취방을 나선다.

아침에는 직원회의 등으로 일찍 출근할 때도 많았다.

하지만 저녁 식사를 마친 후에 차도 마시지 않고 서둘러 댁으로 돌아가신 적은 여태 없었다.

"혹시 스트레스를 풀려고 작정하고 집안일을 하시는 거 아니에요?"

그렇게 지적하자마자 그녀의 미소가 굳어졌다.

예상 적중.

생각을 비우고 작업에 몰두하면 현실도피도 되고 집안일은 성과가 금방 눈에 보이기 때문에 쉽게 성취감을 얻을 수 있다.

"갈게! 아직 청소가 남았거든! 아, 냄비는 아무 때나 돌려줘도 돼!"

텐조 씨는 일방적으로 대화를 끊고 댁으로 돌아가 버리셨다.

언뜻 보기에는 별 탈 없어 보이지만 역시 이상하다.

알기 쉽게 의욕을 잃거나 식욕이 없어지는 것과 정반대였다.

억지로 텐션을 올려 과도하게 행동파가 되셨다.

"흑화하셨네……."

화를 내는 것도 우는 것도 아니다. 단지 억지로 참고 있다.

그녀는 실언을 두려워한 나머지 나와 단둘이 있는 시간을 의도적으로 피하고 있었다.

태양처럼 밝은 그녀의 미소가 마치 일식(日蝕)처럼 어둡다.

마땅히 있어야 할 빛이 차단되어 검은 그림자가 드리워졌다.

뭐, 내가 매일 교실에서 다른 여자의 남자 친구 취급을 받고 있으니 그 광경은 실로 정신적으로 견디기 힘들 것이다.

그럼에도 텐조 씨는 학교에서 교사로의 역할을 잊지 않고 수행 중이셨다.

나는 그 인품을 존경하고 이러한 어리석은 짓거리에 가담하고 있는 나를 질책하고 싶어진다.

나도 모르는 사이에 바닷물이 차올라 숨 막히는 느낌이었다. 발바닥이 온전히 닿았었는데 정신을 차리고 보니 발끝으로만 서 있어서 이대로라면 물에 빠질지도 모른다는 위기감이 뇌리를 스쳤다.

이러한 소소한 일들이 쌓이면 관계의 붕괴로 이어진다.

그 끝에 기다리는 것은—.

"이대로는 안 돼! 좋지 않아!"

나는 조력자를 불렀다.

☼☼☼

"그래서 나한테 도와달란 거구나? 귀여운 구석도 있네."

"면목 없어."

이튿날. 일요일 저녁 무렵, 여동생인 니시키 카구야를 식사에 초대했다.

카구야를 포함해서 셋이 밥이라도 먹으면 텐조 선생님의 기분이 조금은 나아지지 않을까 생각했기 때문이다.

우리 집 부엌에서 식사 준비를 같이하며 이웃 주민과 서먹해진 사실을 설명한다.

"나한테 사과한들 레이 언니의 기분이 풀리는 것도 아니잖아."

"그야 그렇지만 나 혼자서는 어쩔 도리가 없어서 말이야."

"유 군이 어쩐 일로 날 부르나 싶어 기대했는데 다른 여자에게 해야 할 참회를 늘어놔서 아쉽네. 이렇게 깜찍한 소녀가 몸소 놀러 와 줬는데 말이야."

카구야의 시선이 따갑다.

"연락하자마자 와줘서 고마워."

"별말씀을. 유 군을 위해서라면 어디든 금방 달려가."

카구야의 환한 미소를 보고 마음이 조금 가벼워졌다.

"하아, 너와 대화할 때 마음이 편안해지는 날이 올 줄이야."

"여동생을 편리한 안식처로 사용하다니. 나, 그렇게 쉬운 여자 아니야."

"하지만 왔잖아."

"유 군은 특별하니까."

"신뢰받고 있다고 생각할게."

"기특한 여동생에게 좀 더 고마워하는 모습을 보여줘."

"맛있는 거 만들어주잖아."

"에이~ 부족해."

카구야는 그렇게 말하며 내 팔짱을 꼈다.

"어허, 식칼을 들고 있으니까 위험해."

"둘만 있을 땐 괜찮잖아."

"남매니까 선을 지켜."

"괜찮아. 남자는 머릿속으로 항상 야한 생각만 한다는 거 다 알아."

"알고 있어도 들추지 마. 그리고 너만큼은 예외야."

"나, 특별대우해 주는 거 좋아해."

카구야는 귀엽게 고개를 살짝 갸웃거린다.

여우다. 가족인 나조차 그런 생각이 드는데 부디, 악용하지 않길 바랄 뿐이다.

"아니면 유 군은 아직도 남처럼 지내고 싶은 거야?"

"오히려 사춘기 여동생이 오빠를 싫어하지 않는 게 신기할 따름이야."

"좋아하는 사람은 논외지."

"가족애라고 해줘."

"네~에."

카구야는 상당히 들떠 있었다.

반년 전까지만 해도 나는 가족과의 거리감 때문에 고민하고 있었다.

부모님의 재혼으로 가족이 된 카구야는 의붓여동생임에도 불구하고 나를 이성으로 의식했다. 그것이 원인이 되어 집에 있기 불편해진 나는 고등학교 진학을 구실로 자취를 시작했다. 그 후 본가를 방문하기 껄끄러운 시기가 길게 이어졌지만, 텐조 씨 덕분에 겨우 평범한 남매가 될 수 있었다.

카구야가 텐조 씨를 따르는 걸 보면 감사나 은혜를 느끼고 있다는 걸 알 수 있다. 그렇기 때문에 오늘 급하게 불렀음에도 곧바로 와주었다.

"유 군은 레이 언니 기분이 왜 나빠졌는지 짚이는 데가 없어?"

카구야에게는 나와 텐조 씨는 어디까지나 이웃 주민이라고 설명했다.

카구야에게 교사와 학생이라는 관계가 들통나지 않도록 텐조 씨는 토오미 레이라는 가명을 사용했다.

"음, 간단히 설명하면 내가 학교에서 어떤 여학생의 위장 남친이 됐어."

"그게 뭐야! 금시초문이거든!"

카구야가 버럭 화를 냈다.

"연기일뿐이야."

"그런 문제가 아니야! 레이 언니가 화가 난 건 당연해! 난 당연히 레이 언니에게 차인 줄 알았는데."

"애초에 사귀지도 않았거든."

"아, 그렇구나. 담임 교사와 학생 신분이니 이래저래 문제가 있겠어."

"그래, 맞— 윽, 방금 뭐라고 했어?!"

나는 음식을 만들던 손을 멈추고 카구야와 마주 봤다.

"그래서 나한테 안 들키려고 토오미 레이라는 가명을 사용한 거잖아? 안 그래?"

내 귀를 의심했다. 카구야의 발언에 심장을 붙잡힌 것처럼 숨이 멎을 것 같다.

"잠깐, 카구야. 너 어디까지 눈치챈 거야?"

"레이 언니의 본명은 텐조 레이유. 레이 언니는 유 군의 고등학교 선생님이지?"

"어, 어떻게 텐조 씨의 이름과 나와의 관계를 알았어?"

가을이 깊어지는 시원한 시기임에도 등에서 식은땀이 흘렀다.

카구야는 신난 얼굴로 설명한다.

"아파트에서 처음 잤던 날, 레이 언니 집의 욕실을 빌렸었잖아. 방에 있던 광고 우편물의 수신자 이름을 봤어."

"그렇게 오래됐어?!"

카구야와 텐조 씨가 거의 처음 만났을 때부터이지 않은가.

"그건 그렇고 남의 우편물을 함부로 보면 안 돼."

"우연이야, 우연. 수신인이 텐조 레이유라고 되어 있길래 이상하다고 생각해서 방을 체크했더니 유 군네 학교 봉투가 있더라고."

"역시 뒤졌잖아."

"그도 그럴 게 다 큰 어른이 가명이 사용했잖아. 혹시 유 군이 속고 있는 건 아닌지 걱정됐어. 미인계일지도 모르잖아."

황당무계한 이야기를 진지한 얼굴로 말한다.

"중학생이 어디서 그런 단어를 들은 거야!"

"고등학생이 혼자 살면 분명히 무슨 이유가 있는 거니까 나쁜 인간들 눈에는 좋은 먹잇감으로 보이지 않겠어?"

"절세미인이 나 같은 걸 속여서 무슨 득을 보겠어. 말도 안 돼."

그 부분은 텐조 씨의 명예를 위해서 딱 잘라 부정했다.

하지만 내가 반대 입장이었다면 카구야와 마찬가지로 경계했겠지.

가족과 친하게 지내는 옆집 사람이 당당하게 가명을 쓴다면 의심스러운 마음이 생기는 것은 당연하다.

"그건 나도 알아. 레이 언니는 좋은 사람이고 나도 좋아해."

"잘 숨겼다고 생각했는데 처음부터 다 알고 있었다니. 반대로 내가 네 거짓말에 속고 있었네."

"사랑에 빠진 여자는 거짓을 말하는 법이야."

나의 여동생은 환한 미소를 지으며 태연히 말했다.

졌다. 이 아이가 나보다 몇 배는 고단수였다.

저녁 식사가 완성된 후 내 자취방으로 찾아온 텐조 씨에게 카구야한테 전부 들켰다는 사실을 전하자 나와 마찬가지로 깜짝 놀라셨다.

막간 3　응원

“레이 언니, 디저트가 먹고 싶어졌어. 같이 편의점에 가자.”

유나기 군이 만들어준 저녁을 셋이 나눠 먹은 후, 카구야 양과 단둘이 밖으로 나왔다.

“설마 카구야 양에게 전부 들켰을 거라고는 생각도 못 했어. 미안해.”

“나도 잠자코 있었으니 똑같지, 뭐. 오히려 사과할 일은 따로 있어.”

밤길을 앞서 걷던 카구야 양이 뒤돌아봤다.

“따로 있다고?”

“난 레이 언니라서 받아들인 거야. 다른 여자한테는 질 생각이 없거든.”

“…….”

귀엽게 생긴 얼굴로 살벌한 말을 하는 아이다.

“유 군에게 위장 남친을 부탁한 건 골든위크 때 만났던 동급생들이지? 유 군을 좋아하는 것 같던데. 아니야?”

예, 예리하다. 딱 한 번 만났을 뿐인데 거기까지 파악하다니.

“어떻게 알았어?”

“훼방꾼은 일찌감치 체크해 놔야 하니까.”

“하지만 어디까지나 위장 남친이고, 문화제 기간에만 하는 거라서."

"레이 언니는 그때까지 참을 수 있어?"

정신적으로 약해진 나를 객관화하자 모른척해 온 마음의 상처가 욱신거린다.

"……난 교사고 어른이니까."

"질투는? 화는 안 나? 레이 언니만 연기라고 생각하는 거 아니야?"

"뭐?"

"어디까지나 가능성을 말한 거야. 하지만 동급생이라면 유 군도 지금처럼 애써 참을 필요도 없을 테고 처음에는 연기였지만 진짜가 될지도 몰라."

절친에게도 똑같은 말을 들었다. 물론 알고 있다. 그 나이 때는 동급생끼리 사귀는 게 일반적이다. 유나기 군은 전혀 숨길 필요 없이 당당히 연애할 수 있다.

"그건 그때 가서 생각할래."

"참 이해심도 넓어."

카구야 양은 실망을 감추지 않았다.

"카구야 양에게 들킬 정도로 억지스러운 관계잖아……."

"그렇게 약한 소리를 하면 진짜 그렇게 돼."

카구야 양은 포기한 모양인지 다시 걷기 시작했다.

"뭐, 나한테는 좋은 기회지. 레이 언니 말고는 질 것 같지가 않으니까."

"가족 관계가 다시 틀어질 거야."

"상관없어. 난, 나와 내가 좋아하는 사람이 가장 행복해지도록 노력할 뿐이야."

나보다 열 살 가까이 어린 소녀는 눈이 부실 정도로 자신만만하게 말했다.

그것은 젊음이 가진 기백일지도 모른다.

밤에 뜬 달처럼 카구야의 모습이 또렷이 도드라져 보였다.

현재 내 상황에서 어찌할 수 없는 것을 보란 듯 말하는 태도에 화가 난 나머지 심술을 부렸다.

"첫사랑은 보통 이루어지지 않는 법이야."

그렇게 말하고 곧 후회했다.

"이제야 진심을 말하네."

사과도 하기 전에 카구야 양이 얼굴을 불쑥 갖다 댔다.

"하지만 첫사랑에게 여러 차례 대시하면 안 된다는 법은 없잖아? 어차피 유 군은 나한테서 도망칠 수 없거든. 그러니까 내가 질리든지 유 군이 항복할 때까지 밀어붙이는 수밖에 없지 않겠어?"

규칙.

아아, 그렇다. 딱히 그런 규칙은 없다.

나는 무의식중에 내가 적극적으로 행동하지 못하는 핑곗거리로 삼고 있었다.

법률, 사회적 상식, 사람들의 시선, 이웃 협정.

지켜야 할 규칙이 있다고 해도 그것을 왜 지켜야 하는지에 대한 의문을 품은 적은 없었다.

"어떻든지 간에 유 군은 레이 언니를 못 잊을 거야. 다른 여자로 만족할 수 없을 테니 내가 편리한 도피성이 돼주는 거지. 어떤 응석도 다 받아줘서 무기력하게 만든 다음 나 없이는 살 수 없게 할 거야."

소녀는 천사 같은 미소로 소악마 같은 말을 한다.

카구야 양은 실제로 그리 쉽사리 자신의 첫사랑을 놓아주지 않는다.

여자인 내가 보아도 매력적인 여자아이다.

이런 아이가 옆에서 살갑게 대하면 남자들은 단숨에 넘어가겠지.

유나기 군은 한 지붕 아래 살면서 용케 남자의 본능에 휩쓸리지 않고, 오빠로서 이성적으로 행동하는 것을 포기하지 않았다고 생각한다.

—아아, 다시 말해 그런 거구나.

그런 생각을 가진 아이가 날 인정해 줬다.

"레이 언니가 유 군을 포기하면 내가 사양하지 않고 가로챌 테니까 걱정하지 마."

두 번째 선전포고이자 카구야 양만의 응원이겠지.

"미래의 시누이가 해준 충고니까 잘 기억해 둘게."

나도 일부러 단언하듯 말한다.

"그랬으면 좋겠어."

카구야 양은 미소를 머금었다.

제4장 계속 사귈래?

문화제까지 일주일 남았다.

리더인 마유즈미의 일 처리 능력은 가히 탁월해서 축제 당일을 앞두고 만반의 준비를 갖추어 나갔다.

식재료나 필요한 비품은 준비 완료다.

여학생들의 유니폼인 메이드복과 각종 동물 머리띠가 오늘 도착했기에 바로 입어보기로 했다. 각자 옷을 갈아입고 원하는 동물 머리띠를 착용한 후 그 모습을 사진으로 남긴다. 열띤 분위기는 축제 당일에 뒤지지 않았다.

"와~ 쿠호인. 메이드복이 잘 어울려. 다리 긴 것 봐!"

"리리카, 귀여워! 진짜 메이드 카페에서도 먹힐 거야!"

모두 귀여웠지만 여자아이들의 환호성이 특히 집중된 건 쿠호인 아키라와 마유즈미 리리카였다.

부끄러워하는 아키라를 마유즈미가 억지로 끌고 와 사진을 찍었다.

여자아이들이 야단법석을 떨며 착용회를 여는 옆에서 남자아이들은 실내 장식을 만드느라 여념이 없었다.

애니멀 메이드 카페라서 최종적으로 결정된 실내 장식 콘셉트는 드리미(Dreamy).

연한 파스텔 컬러를 많이 사용한 간판이나 칸막이를 겸한

벽을 만든다. 일러스트, 디자인을 담당한 미술부 아이가 그린 귀여운 무늬나 동물 캐릭터 일러스트의 밑그림에 색을 칠한다. 뛰어난 그림 실력 덕분에 눈길을 끄는 훌륭한 완성도를 자랑했다.

그 밖에도 화려한 색감의 새 장난감이나 동물 인형 등의 소품류도 점점 교실로 운반되어 2학년 C반 교실은 날이 갈수록 꿈처럼 환상적인 공간으로 변했다.

나도 밑그림의 매력이 훼손되지 않도록 신중하게 색을 칠했다.

"니시키. 쿠호인이랑 사귀어보니까 실제로 어떤 느낌이야?"

같이 작업하는 남학생들이 물어보았다.

"사실 나도 쿠호인한테 마음이 있어서 꽤 쇼크였다고."

"그 마음 알지~. 나는 육상부였을 때부터 좋아했거든."

평소에는 별로 대화할 기회가 없는 운동부 녀석들도 끼어들었다.

그런 이야기를 들을 때마다 역시 아키라는 인기가 많았다는 것을 실감했다.

"어떻긴…… 너희가 교실에서 보는 그대로야."

나는 두루뭉술하게 대답하는 수밖에 없었다.

그것을 승자의 여유라고 생각했는지 녀석들은 자기들 마음대로 흥분했다.

"니시키, 저렇게 귀여운 애가 여친이 됐잖아! 좀 더 텐션을 올려도 돼! 미녀를 사로잡는 비법을 우리한테도 전수해 줘!"

그들은 진지한 눈빛으로 호소했다.

"어? 하지만 쿠호인이 고백했다고 들었는데."

"그건 걱정하지 마. 같은 체육 계열끼리는 단련된 근육에 끌리는 법이거든."

야구부 녀석은 굵직한 팔에 힘을 주어 알통을 만든다. 오! 마초다.

"마음이 있었으면 빨리 아키라한테 고백하지 그랬냐."

그랬으면 나도 위장 남친 같은 건 하지 않아도 됐을 텐데.

그들은 서로를 쳐다보며 씁쓸한 표정을 지었다.

"니시키, 너 진심이냐?"

"응. 내가 뭐 이상한 말이라도 했어?"

의아해하는 나를 까딱까딱 손짓하며 부르더니 원을 만들 듯 얼굴을 바싹 갖다 댔다.

"야, 니시키. 쿠호인은 네 옆에 있을 때 계속 경계 태세였어. 너희가 같이 있을 때 옆을 지나가기만 해도 노려보는데 어떻게 마음 편히 다가가냐!"

처음 듣는 소리다.

다른 아이들 눈에는 나와 아키라가 그런 식으로 보였단 말인가.

"아키라가 원래 눈빛이 좀 매서워."

아키라의 명예를 위해 그 부분은 부정했다.

쿠호인 아키라는 기가 센 미인이니까 그 존재감만으로도 박력이 있다.

큼직하고 길게 찢어진 매서운 눈매가 사람에 따라서는 노려보는 것처럼 느끼는 건 부정할 수 없다.

결코 애교가 많은 타입이 아니라서 주변으로부터 심기가 불편한 상태라고 오해받기 쉬운 것도 명백한 사실이다.

하지만 모두 고개를 옆으로 저었다.

"새끼를 지키려고 위협하는 어미 고양이 같아."

"아니지, 호랑이야."

""""""맞아, 그거야!""""""

호랑이라니! 절묘한 표현이다. 대형 고양잇과 이미지는 확실히 쿠호인의 인상에 딱 맞아 떨어진다.

"나도 친구가 적으니까, 결과적으로 아키라와 같이 있는 이미지가 강할 뿐이잖아."

"아니, 아마 순서가 반대일걸? 쿠호인이 주변을 견제하니까 특히 여자애들은 눈치껏 너한테 접근하지 않았던 거야."

"에이, 지나친 생각이야. 그럼, 나한테 동성 친구가 적은 이유는 뭔데?"

"……니시키. 네 입으로 말하면 비참하지 않냐?"

연민의 시선으로 쳐다본다.

"응, 조금. 나, 내가 모르는 사이에 미움을 산 걸까?"

내가 말하고도 슬퍼졌다.

"오히려 엄청나게 부러움을 사고 있어! 아닌 게 아니라 넌 남자들 사이에서 인기가 많은 쿠호인과 마유즈미와 친하잖아. 대체 이유가 뭐야!"

"그거야말로 우연이라니까."

"그런 우연이 쌓이고 쌓여 맹랑하게 쿠호인과 사귀고 있잖아!"

모든 남학생을 대표하는 듯한 진심 어린 외침이었다.

사실이 어떠하든 마유즈미의 작전은 계획대로 대성공이다.

그 외침이 불씨가 되어 남학생들의 속내가 잇따라 터져 나왔다.

"어째서 쿠호인은 이런 마이 페이스인 녀석을 선택했을까? 얼굴? 얼굴이 취향인가?"

"딱히 입담이 뛰어난 타입도 아니고."

"반에서 특별히 눈에 띄지도 않잖아."

"운동신경이 좋지도 않고 나쁘지도 않고."

"성적은 좋은 편이지 않나?"

"여자가 빠질만한 묘한 색기가 있는 거야. 난 알아."

"굳이 말하자면 니시키는 비교적 외톨이잖아. 그런 면이 고고한 쿠호인과는 결이 잘 맞았던 게 아닐까?"

그중에 그냥 넘어갈 수 없는 의견이 있었다.

"잠깐만. 너희는 날 그런 식으로 생각했단 말이야?"

"니시키, 눈치 못 챘어?"

너무나도 태평한 나의 태도에 그들은 살짝 질린 눈치다.

"응."

"까놓고 물을게. 혼자 있는 게 괴롭지 않았어?"

나는 깊은 생각에 잠겼다.

어째서 나는 교우 관계를 제대로 구축하지 않았음에도 불구하고 딱히 속상해하지 않았던 걸까.

여럿이 모여 떠드는 걸 좋아하는 편이 아니다. 게다가 친아버지는 상위 성적을 유지해야 자취에 필요한 생활비를 지원해 주겠다고 약속하셨다. 귀가 후에는 집안일도 해야 했으니 방과 후에 친구들과 놀 시간적 여유도 없다.

그래서 처음부터 학교는 순수하게 공부하는 장소라고 결론지었다.

수업 중이나 필요에 따라 반 친구들과 대화할 때는 있지만, 어디까지나 사무적인 내용이고 굳이 시간을 때우려고 의미 없는 잡담을 주고받는 사람은 확실히 없다.

그래도 작년에는 지금보다 아이들과 얘기를 많이 나눈 것 같기는 하다.

그렇다면 어째서 올해는 아무렇지 않았던 걸까?

대답은 명백하다.

나는 맨 앞줄인 내 좌석 위치와 항상 눈앞에 서 있는 여성을 떠올린다.

나는 올해 줄곧 텐조 선생님만 보고 있었다.

선생님을 시야에 두는 것만으로도 행복해서 주변 사정은 안중에도 없었다.

좋아하는 사람에 관한 생각으로 머리가 꽉 차서 내가 처한 객관적인 상황 따위 보이지 않았다.

내 눈앞에 있는 세계만으로도 더할 나위 없이 행복해서 만족하고 있었다.

선생님과 지금처럼 비밀스러운 관계가 된 후 그러한 경향은 한층 강해졌다.

이럴 수가! 콩깍지가 쓰여도 단단히 쓰였다.

니시키 유나기는 텐조 레이유를 너무 좋아한다.

자명한 사실을 기습공격처럼 확인 사살당했다.

"내가 생각해도 무서울 정도로 들떠 있었구나."

내가 몰랐던 나의 다른 면을 또 한 번 발견했다.

"니시키, 뭐라고 했어? 얼굴이 빨개."

"아니, 남들과 대화하다 보면 새로운 걸 발견하는 것 같아서."

통렬히 실감했다.

자기 감정을 바르게 파악하고 말로 전달하는 것은 정말 귀찮은 일이 아닐 수 없다.

"거기, 남자들. 손이 멈췄잖아! 멋진 꿈의 공간을 완성하지 못하면 어쩌려고 그래."

마유즈미와 아키라가 다가왔다.

다른 남학생들이 메이드 의상을 입은 두 사람의 모습에 오! 하며 감탄했다.

"닛키, 이키아키의 미리띠를 골라 줘."

고양이 귀 머리띠를 낀 마유즈미가 다양한 종류의 동물 귀 머리띠가 들어 있는 주머니를 펼쳤다.

"내가?"

"이상한 걸 고르면 날려버릴 거야."

아키라가 못을 박는다.

그런 말을 하지 않아도 개그 요소가 있는 걸 고를 용기는 없다.

나는 주머니 안을 보고 망설임 없이 골랐다.

"자, 호랑이."

내 대답에 주변에 있던 남학생들이 일제히 웃음을 터뜨렸다.

조금 전에 나누었던 대화 내용을 모르는 아키라와 마유즈미는 그 반응을 의아해한다.

"됐으니까 빨리 써봐."

나에게 재촉당한 아키라는 노란색과 검은색이 섞인 호랑이 머리띠를 껴 본다.

"어때?"

"아키라에게 잘 어울려."

내가 본 그대로의 감상을 솔직히 말하자 아키라는 수줍게 환한 표정을 지었다.

"우린 저런 표정을 짓게 할 수 없어."

그 반응을 본 후 남학생들은 알 수 없는 항복선언을 나지막이 전했다.

"진도가 꽤 많이 나간 모양이네. 오늘 작업은 여기까지. 얼른 정리하고 하교해."

하교 시간이 가까워져 올 때쯤 텐조 선생님이 진행 상황을 살피러 교실로 오셨다.

"레이유 쌤, 기다리고 있었어요! 제발 받아주세요!"

남아 있던 학생을 대표해서 마유즈미가 포장된 꾸러미를 텐조 선생님에게 건넸다.

"어? 이게 뭐야?"

"일단 열어보세요."

선물의 정체는 2학년 C반의 단체복이었다. 선명한 물빛 컬러. 앞면에는 세련된 감각으로 디자인된 애니멀 메이드 카페의 간판 로고가 새겨져 있다. 뒷면에는 우리 반 아이들 모두의 이름이 출석 번호 순서대로 프린트되어 있는데 교단에 해당하는 가장 위쪽에는 담임 선생님의 이름도 포함되어 있다.

"어머, 내 이름도 넣어 준 거야? 고마워, 얘들아."

"레이유 쌤이 저희를 잘 지도해 주셔서 감사의 뜻을 담았어요!"

텐조 선생님은 울컥하셨는지 감개무량하다는 듯 모두를 바라본다.

"선생님도 당일에 여유가 있으시면 손님이 아니라 메이드로 참가하셔도 돼요."

"아니, 역시 그건 좀……."

곤란하다는 듯 부드럽게 거절한다.

"에이~ 선생님이 메이드복을 입은 모습을 보고 싶어요!"

사방팔방에서 열망하는 소리가 높아졌다. 물론, 나도 그중 한 명이다.

"저도 보고 싶어요!"

아우성에 뒤섞이도록 슬그머니 소리를 내자 옆에 있던 아키라가 곧장 발을 밟았다.

"아야! 갑자기 무슨 짓이야!"

"왠지 열 받아서."

"농담이잖아."

"지금은 위장 연애 중이니까 그런 짜증 나는 짓은 하지 마."

귓전에서 속삭이듯 질책했다.

"아키라가 이렇게 화내는 것도 여친다운 행동 중 하나야?"

"그렇겠지, 뭐."

"말투가 왜 그래?"

굳이 얼버무리는 이유를 모르겠다.

"너는 내가 메이드복을 입은 걸 보고 흥분하면 되잖아."

"교실에서 그런 행동을 하면 남은 고등학교 생활에 지장이 생겨."

변태 캐릭터로 낙인찍혀 살벌한 시선에 시달려야 하는 건 죽어도 싫다.

"……교실 말고 다른 곳에서는?"

"내가 코를 벌름거리면서 다가오면 재수 없을걸?"

"상황과 태도에 달렸지."

"조건에 따라서는 받아준다고?"

"사귀는 상황이면 그럴 수도 있다는 거지."

응응응?

상당히 대답하기 곤란한 말씀씨다.

대체 어떻게 해석하는 것이 데미지가 적은 대응일까.

"메이드에게 짓궂게 굴면 아웃이잖아."

"주인님을 연모하면 용서받지 못하는 사랑도 있어."

"나한텐 그런 식으로 상황이 지정된 플레이는 레벨이 높아."

그렇지 않아도 남친 역할이 부담스러운데 부끄러운 나머지 정신이 번쩍 들었다.

"지금도 비슷한 상황이잖아."

"문화제가 끝날 때까지만이야."

"니시키는 그래도 돼? 헤어졌다고 소문나면 그것도 피곤할 텐데."

"그러게 말이다~. 나중에 벌어질 일을 생각하면 심란해."

이제는 예전으로 돌아갈 수 없을 정도로 교실 안에서 니시키 유나기와 쿠호인 아키라의 관계는 정착돼 버렸다.

"그러면, 문화제가 끝나도 계속 사귈래?"

순간, 나는 숨이 멎었다.

교실의 웅성거림이 삽시간에 멀어진다.

나는 옆에 있는 여자아이 쪽으로 천천히 몸을 돌린다.

"아키라, 지금 뭐라고 했어?"

지금 들은 말의 의미를 확인하려고 했지만 아키라의 입술이 움직이기 전에 다른 말에 차단당했다.

"좋아! 힘내자는 뜻에서 단합회 하는 거 어때? 오늘 시간 되는 사람은 밥 먹으러 가자! 문화제 당일까지 체력을 보충하는 거야!"

마유즈미의 호령에 교실에 남아 있던 모두가 찬성의 뜻을 밝혔다.

"리리카! 나, 오코노미야키나 몬자야키가 먹고 싶어!"

아키라가 어쩐 일로 먹고 싶은 음식을 말하자 교실 전체가 호응하듯 텐션이 올라갔다.

"아키아키의 의견을 수용할게! 가끔은 패밀리 레스토랑 말고 다른 곳에 가는 것도 괜찮겠지!"

마유즈미의 한 마디로 결정됐다.

다 함께 가게로 이동하려고 각자 짐을 울러 멘다.

"니시키도 당연히 갈 거지? 넌 이제 외톨이가 아니야. 우린 친구니까. 그리고 남자들에게는 희망의 별이거든. 연애 카리스마로 추대할게!"

"아니, 난 저녁을 준비하러 가야—."

거절하려고 했지만 운동부 녀석들이 좌우에서 팔짱을 낀 상태로 강제 연행했다.

"집에 간다는 섭섭한 소리 하지 마라."

아아, 축제의 분위기가 무섭다.

무심코 선생님께 도움을 요청하려고 했으나 다른 아이들에게 둘러싸여 내 시선을 눈치채지 못한다.

"얘들아, 너무 늦으면 안 돼! 가게에서 시끄럽게 떠들면서 다른 손님들께 피해를 주면 안 된다! 그리고 사고를 당하거나 다치지 않게 조심하고! 알겠지?"

"""""네!"""""

2학년 C반 아이들은 말 잘 듣는 아이처럼 대답했다.

☼☼☼

학교에서 몇 정거장 떨어진 곳에 있는 오코노미야키 가게에서 2학년 C반의 단합회가 열렸다.

학급 총인원 중 절반에 가까운 많은 인원이 몰려갔지만 운 좋게 비어 있던 자리에 구겨앉듯 앉을 수 있었다.

남녀가 자연스럽게 다른 테이블로 나눠 앉았기 때문에 아키라와 대화할 타이밍을 잡기 어려웠다.

이따금 아키라의 모습을 살피려하면 「얼렐레? 여친이랑 같이 앉고 싶어? 오늘은 데이트가 아니거든요」라며 일일이 농담을 던진다.

그나저나 한창 성장기인 남자들만 있는 식탁은 무자비한 전쟁터다.

철판 위에서 오코노미야키가 구워지기 무섭게 순식간에 먹어 치우는 바람에 방심하면 영영 배불리 먹지 못한다.

"야, 그거 내가 구운 거야!"

"너 혼자 너무 많이 먹잖아."

"우왓, 덜 익었어."

"서두르니까 그렇지. 멍청아."

"네가 먹던 젓가락으로 집지 마!"

"뒤집개를 잘 못 쓰겠어."

"더 주세요~."

한눈을 팔고 있으면 먹을 기회를 놓친다.

그 사실을 눈치챈 나도 포기하고 식사에 집중했다.

여럿이 함께하는 북적북적한 식사에 익숙하지 않아서 왠지 신선했다.

겨우 열기가 가라앉은 타이밍에 화장실로 향했다. 돌아와 보니 다른 녀석에게 자리를 빼앗겨서 일단 가게 밖으로 나왔다.

바깥 공기를 쐬니 온몸에서 오코노미야키 냄새가 풀풀 나는 것을 알 수 있었다.

유나기: 텐조 씨, 오늘 죄송하게 됐어요.
저녁은 드셨어요?

갑자기 다 함께 밥을 먹으러 오게 된 바람에 식사를 준비할 수 없었다. 선생님도 교실에 계셨기 때문에 사정은 알고 계시지만 여태까지 연락도 드리지 않았다.

아무래도 반 아이들에게 둘러싸인 상황에서 담임 교사에게 개인적인 메시지를 보내는 것이 꺼려졌다.

즉시 답장이 도착했다.

레이유: 전에 만들어 둔 비프스튜가 남아 있으니까 걱정하지 마.
신경 쓰지 말고 재밌게 놀아.

"다행이다……."

"닛키, 여기 있었어?"

마유즈미도 밖으로 나왔다.

"밖에 있으면 안 추워? 여름은 그렇게 길더니 가을은 순식간이네."

마유즈미는 내 옆에 나란히 섰다.

"아키아키와 연락해? 걱정하지 마. 나중에 둘만 있게 해줄게."

"아니, 여동생한테. 우리 학교로 진학할 거라 문화제에 놀러 오겠대."

나는 순간적으로 둘러댄다.

텐조 선생님이 담임이라는 사실을 들켰으니 카구야가 학교에 오는 것을 막을 이유도 없어졌다. 지난번 식사 자리에서 본인이 꼭 오고 싶다고 실제로 말했기 때문에 당일에 얼굴을 비칠 것 같다.

"그 귀여운 여동생이? 아키아키와 만나면 또 싸울까?"

"만약 그런 일이 생기면 마유즈미가 잘 중재해 줘."

"그건 닛키가 해야 할 일 아니야?"

"그 두 사람이 내 말을 들을 것 같아?"

"여동생은 몰라도 아키아키는 좀 다르지 않을까?"

마유즈미는 미소를 지은 후 의미심장한 표정으로 이쪽을 향해 몸을 틀었다.

"닛키, 고마워."

"무슨 소리야?"

"공범이 돼줘서."

"지금도 부담스러워. 마음이 괴로울 때도 많고……."

단둘만 있는 지금, 심정을 토로했다.

"그건 닛키가 말했던 좋아하는 사람에 대한 죄책감 때문에?"

"응."

"그 사람과는 정식으로 사귀는 사이야?"

"……정식이냐고 물으면 단언할 수는 없어."

"닛키, 힘들게 이상을 찾아 고생하지 말고 가까이에 있는 행복을 깨닫는 편이 편해."

"글쎄다. 너무 가까우면 귀찮은 일도 많으니까."

그런 건 카구아만으로도 충분하다.

아니, 사실 나는 푹 빠졌다. 선생님이 옆집에 사시는 걸 알게 된 후로 연모하는 마음은 명확한 윤곽을 띄기 시작했다. 설령 대외적으로 말할 수 없는 관계라 할지라도 눈에 보이지 않는 이 기분은 내 안에 확실히 존재한다.

"닛키, 냉정하네. 연애를 소홀히 하다니. 자네 진짜 고등학생 맞는가?"

어디 사는 정치가처럼 괜히 노회한 말투로 말한다.

"뭐야, 그 말투는."

나도 모르게 웃음을 터뜨린다.

"개그! 아무튼 사랑은 청춘의 필수 과목이야. 넋 놓고 있으면 낙제해."

……그런 뜻이라면 오히려 난 월반했다고 말할 수 있다.

나는 언제든 합격하려고 필사적이다.

진심이라 적당히 끝낼 수 없다. 한눈을 팔면 가능성이 끊어지고 만다.

"합격 기준을 모르겠어."

"리리카도 몰라. 사실 연애 경험도 제로야."

에헷, 귀엽게 혀를 빼꼼 내민다.

"뭐? 진짜?!"

마유즈미는 귀엽고 화술도 뛰어나고 장난기도 많아서 얼마든지 인기가 있을 텐데.

"응. 누군가를 진심으로 좋아하는 마음이 어떤 건지 잘 모르겠어. 그 대신 다른 사람들이 연애하는 걸 보면서 응원하고 싶어. 그러다 보면 리리카도 누군가를 좋아하는 마음이 생기지 않을까 해서…….”

마유즈미의 옆얼굴은 왠지 모르게 쓸쓸해 보였다.

“그래서 리리카는 철저히 1열 관객이 되고 싶어~.”

평소의 환한 미소로 돌아와 가벼운 말투로 매듭을 짓는다.

타인의 연애를 누구보다 가까이에서 지켜본들 절대 당사자가 될 수 없다.

“지금부터라도 직접 연애를 해볼 생각은 안 들어?”

“요만큼도.”

딱 잘라 말한다.

마유즈미 리리카야말로 청춘 이벤트의 대표주자라고 생각했었다. 이번 문화제 때는 반의 리더를 맡아 적극적으로 관여하며 모두를 참여시켰다. 아키라가 난처한 상황에 놓이자 공범자를 자청하며 강제로 해결책을 짰다.

“치사하긴. 그러면서 잘도 나한테 남친 역할을 맡겼군.”

“아키아키는 리리카의 최애라서 특별하거든.”

“최애? 팬이 아이돌에게 사용하는 그 최애를 말하는 거야?”

쿠호인 아키라와 마유즈미 리리카의 관계성을 줄곧 의아하게 생각했었다.

아키라가 자신을 일방적으로 따라다니는 마유즈미를 귀찮다는 듯 대응하는 상황을 종종 보았다.

눈치 보지 않고 스스럼없는 대화가 가능한 절친이라고 생각했는데 미묘하게 다른 모양이다.

"응! 리리카는 아키아키가 육상부였을 때부터 쭉 응원하고 있으니까!"

환한 미소를 지으면서 오랜 팬 이력을 자랑하는 모습은 명백히 팬 활동에 열중하는 사람 그 자체였다.

"구체적으로는?"

"달리는 모습을 처음 본 순간 마음을 사로잡혔어. 달리는 모습이 역동적이면서도 상당히 아름다웠거든. 움직이는 예술품 같았어. 그 후로 방과 후 연습을 자주 봤었고, 휴일에 대회가 있으면 대회장까지 갔었어. 아무튼 1위로 골라인을 끊는 모습이 너무 멋져!"

눈을 반짝이면서 흥분해서 말하는 얼굴은 무척이나 즐거워 보였다.

"대충 상상이 가."

"전력으로 달려서 땀이 뻘뻘 나도 지친 기색을 드러내지 않는 얼굴에 번지는 약간의 미소가 완전 쿨해!"

"진정한 팬이네."

상당히 세세한 포인트를 체크하고 있다. 이건 정말 진심이다.

"리리카에게 아키아키는 히어로처럼 멋지거든. 자, 봐!"

마유즈미는 스마트폰을 꺼내어 대회 때 찍은 사진을 나에게 보여줬다.

"참, 1학년 때는 꽤 보이시했어."

뛸 때 방해되지 않게 저항을 최소화한 유니폼을 입은 모습에는 이름이 적힌 번호표가 가슴에 붙어 있다.

햇볕에 그을린 피부에 머리카락도 짧고 염색도 하지 않았다. 불필요한 요소가 전혀 없이 달리기에 특화된 마른 몸은 아름다우면서 날카롭다.

아아, 확실히 작년까지 쿠호인 아키라는 이런 느낌의 여자아이였다.

그리고 결코 붙임성이 좋은 편은 아니지만 반 아이들과는 자연스럽게 어울렸다. 즐거운 일이 있으면 웃었고, 지금처럼 주변 사람들이 다가오지 못하도록 무턱대고 가시 돋친 분위기를 만들진 않았다.

"그런 의미에서 아키아키를 서포트하는 닛키에게는 같은 처지의 동지로서 몰래 내적 친밀감을 느끼고 있었어. 닛키도 아키아키를 좋아하지 않는다면 매일 아침 꼬박꼬박 전화해 줄리 없잖아?"

아~ 팬 활동의 관점으로 해석할 수도 있겠구나. 확실히 매일 같은 행동을 반복하는 것은 간단해 보여도 나름대로 힘들다.

"미안하지만 난 그냥 자명종에 불과해."

"그 명예직을 대신할 수 있다면 대신하고 싶어! 교환을 희망합니다!"

"기꺼이 양보할게."

"이미 여러 번 튕겼어."

"아키라도 여전하네."

난 쓴웃음을 짓는다.

"하지만 닛키 덕분에 아키아키가 아이들과 친해져서 다행이야."

"혹시나 해서 묻는 건데, 마유즈미의 진짜 목적은 고립된 아키라를 꺼내주는 거였어?"

마유즈미는 고개를 끄덕인다.

"리리카는 아키라에게 눈부신 모습을 되찾아주고 싶어."

늘 부르던 아키아키라는 별명 대신 이름으로 불렀다.

"눈부신 모습?"

"반에서 다시 데뷔하는 거지. 2학년이 된 후로 아이들과 계속 거리를 두고 지냈잖아. 아키아키의 진가를 알게 되면 다들 좋아해 줄 거라고 생각했어."

"아키라는 잡담하거나 무리 지어 다니는 걸 좋아하지 않는 타입이잖아."

자신이 좋아하는 것을 포교하고 싶은 멘탈리티는 이해한다.

하지만 당사자인 쿠호인 아키라가 원하는지는 알 수 없다.

"하지만 오늘은 이렇게 단합회까지 왔잖아. 예전의 아키아키라면 틀림없이 먼저 집에 갔어."

"우연이겠지."

"그래도 괜찮아. 쿠호인 아키라라는 멋진 여자아이가 나락으로 떨어지지 않아서 리리카는 진심으로 기뻐. 그러니까 리리카는 닛키를 구세주라고 생각해."

"……나락이나 구세주나 좀처럼 동급생에게 사용하는 표현이 아닌데."

오타쿠들은 과장된 표현을 좋아하니까.

"부상으로 육상부를 그만두게 된 건 아키아키에게 큰 좌절이었어."

"프로를 목표로 했던 거야?"

키요고교는 딱히 스포츠 명문고는 아니다.

"그런 건 아니지만 누구나 좋아하는 걸 어쩔 수 없이 포기해야 하면 정신적 충격을 많이 받잖아. 최선을 다했지만 승부에서 졌다면 모를까 도전조차 못 하고 끝내야 하는 건 당연히 속상할 거야. 받아들이고 싶지만 그게 잘 안되거든."

마유즈미는 자기 일처럼 말했다.

"응, 그건 잘 알아."

나도 텐조 선생님과 바다로 드라이브를 갔다가 차였을 때는 세상이 끝나는 듯한 기분을 맛보았다. 머릿속으로 아무리 이성적으로 생각해 보려고 해도 감정은 폭풍우처럼 거칠게 휘몰아쳤다. 그럼에도 낙심하지 않고 휩쓸리지 않고 포기하지 않고 행동했기 때문에 지금도 관계를 유지하고 있다.

"아키아키는 은퇴 후에 계속 권태로워했고, 늘 짜증이 난 상태였어."

"확실히 사람들을 대하는 태도가 조금 부드러워지긴 했지."

태도가 많이 달라져서 솔직히 놀랐다.

"부활동을 그만둔 후 기운을 냈으면 하는 마음에 여러 번 놀러 가자고 말했었어. 하지만 끈질기다고 느꼈는지 싫어하더라고. 봄방학이 지나고 2학년으로 올라온 후 지각이 늘어서 리리카도 내내 마음이 편치 않았어. 그대로 유급이나 퇴학을 당했다면 리리카는 절망해서 죽었을지도 몰라."

긴 방학이 끝나면 생활 리듬이 깨지기 쉽다.

막상 예전으로 돌아가려고 해도 어렵다. 게다가 아키라의 경우에는 정신적 충격의 여파가 겹친 상황이니 훨씬 어려웠겠지.

가고 싶지 않지만 억지로 등교했는데 담임에게 잔소리까지 듣고 말았으니 대들고 싶은 것도 이해가 된다.

우리는 아직 10대 청소년이다.

혼자서는 감당할 수 없는 일이 아주 많았다.

"그렇군. 그래서 마유즈미는 아키라의 신경을 살살 건드렸던 거구나."

나와 아키라가 대화를 나누고 있을 때 마유즈미가 끼어들면 귀찮아하는 태도를 보인 이유를 알았다.

"바로 그거야!"

"잘도 버텼네."

"최애는 밀어줄 수 있을 때 밀어줘야 해! 이게 바로 리리카의 좌우명이야. 재능과 미모를 타고난 최애가 별것 아닌 일로 주저앉지 않았으면 좋겠어. 그걸 위해서라면 오지랖이라는 말을 들어도 서포트할 거야. 리리카는 그저 아키아키가 즐겁게 지내길 바랄 뿐이야."

그것이 마유즈미 리리카가 쿠호인 아키라에게 바라는 점이었다.

"숭고한 우정이네."

"아니야. 단지 일방적인 사랑이야. 팬으로서 보답은 바라지 않아."

온 마음을 쏟고 할 수 있는 모든 것을 해주었지만 냉정함은 잃지 않았다.

마유즈미는 그 모든 걸 아는 상태에서 철저히 서포트하고 있다.

"그래서 닛키 덕분에 아키아키가 지각하지 않게 돼서 진짜 고맙게 생각해. 고마워."

"열혈팬에게 칭찬을 받아 황송할 따름이옵니다."

나도 가끔은 마유즈미의 텐션에 맞춰주는 것도 괜찮겠지.

"닛키, 손 들어."

시키는 대로 손을 들자 마유즈미가 하이파이브를 했다.

"하지만 탑 오타쿠의 자리는 양보하지 않을 거야."

얘도 참 어지간하다.

"닛키라면 아키아키의 진짜 남친이 돼도 봐줄게."

"마유즈미. 최애의 열애설은 팬으로서 가장 큰 데미지 아니야?"

"본인이 행복하다면 OK거든요!"

마유즈미는 만면에 환한 미소를 머금었다.

☼☼☼

“난 여기서부터 걸어갈 테니까 니시키, 바래다줘.”

2학년 C반의 단합회가 끝나 다 같이 역으로 다시 돌아가려고 했다.

그런 분위기 속에서 아키라가 데려다 달라고 하면 나도 거절할 도리가 없다.

모두에게 싸늘한 눈총을 잔뜩 받으며 아키라를 집까지 바래다주게 됐다.

나는 고요한 주택지를 앞서가는 아키라를 뒤따라간다.

낯선 동네를 걷는 느낌은 신선하면서도 조금 무섭다.

“같이 와줘서 고마워.”

“괜찮아. 여자 혼자 밤길을 다니는 건 위험하니까.”

“흐음, 신사가 따로 없네.”

“그 자리에서 어떻게 거절하냐?”

“응. 그럴 줄 알고 그 타이밍에 말했어.”

“확신범이야?”

“자, 늘 먹던 거지만 사과의 뜻으로 받아 줘.”

아키라는 가방에서 츄파춥스를 꺼내 나에게 건넸다.

“오늘의 디저트네.”

나는 그 자리에서 포장을 뜯고 그대로 입에 넣었다.

인공적인 단맛이 입안에 퍼졌다.

"교실에서 네가 했던 말 말이야."

내가 그 화제를 꺼내자 아키라는 별안간 걷는 속도를 높였다.

"잠깐, 아키라!"

내가 부르는 소리를 무시하고 앞으로 척척 나아갔다.

"야, 이러면 바래다주는 의미가 없잖아!"

부상으로 은퇴했어도 역시 육상부 출신은 다르다. 생각했던 것 이상으로 빨랐다. 시야에서 놓치지 않으려고 나도 빠른 걸음으로 걷다가 결국 가볍게 뛰기 시작했다.

"그렇게 빨리 뛰면 먹은 거 다 토해."

츄파춥스를 입에 문 채 달리려니 힘들다. 옆구리가 아프다.

"아키라, 그렇게 무리하면 다친 곳이 아프지 않아?"

"무리한 적 없는데."

"내가 힘들어서 그래. 토, 토할 것 같아."

무한 리필이었던 데다가 주변 아이들의 기세에 나까지 덩달아 평소보다 많이 먹었다. 포만감이 느껴지는 요리들이 별안간 위 속에서 격렬하게 뒤섞여 입 밖으로 튀어나올 것 같다.

'어쩌지, 토할 것 같아.'

이렇게 생각한 순간 아키라가 갑자기 움직임을 멈췄다.

기세를 멈추지 못해 아키라에게 부딪치고 말았다.

"뭐야, 빨리 갔다가 멈췄다가. 들쭉날쭉하지 좀 마! 날 가지고 놀면 재밌냐?"

아키라는 휙 돌아본다.

"재밌어. 진짜 재밌어. 이렇게 재밌는 건 정말 오랜만이야."

음료 자동판매기의 불빛에 비친 쿠호인 아키라를 뚫어지게 쳐다봤다.

쿠호인의 말에는 거짓이 없다. 정말 재밌는 모양이었다.

교실에 있을 때의 부루퉁한 표정은 눈곱만큼도 없다. 권태와는 인연이 없는 실로 만족스러운 표정을 짓고 있었다.

"밥 먹은 지 얼마 안 됐는데 어떻게 그렇게 뛸 수 있어?"

"운동부는 식사 후에 바로 운동할 수 있게 소화기관도 단련시키거든."

"그건 1년 전 이야기잖아. 그나저나 다쳐서 은퇴했는데 괜찮은 거야?"

"의외로 괜찮아."

별것 아니라는 듯 말한다.

"하지만 이제 그때처럼은 못 달려. 시~작, 소리에 출발해서 1위로 골라인에 들어오는 건 무리야."

"날 이용해서 시험하지 마."

"하지만 니시키는 참고 따라와 줬잖아. 이유가 뭐야?"

"가짜여도 일단 남친이니까."

"의리 있네."

"웬일로 아키라가 직접 부탁했잖아. 뭐, 문화제까지니까."

"니시키는 여자라면 누구한테나 다정한 거야?"

"그런 박애주의자였다면 위장 남친 같은 어리석은 제안을 즐길 수 있었을 텐데."

"니시키, 리리카도 엉뚱한 생각을 참 잘하는 것 같아."

"다, 널 위해서 그러는 거잖아."

어딘지 모르게 바보 취급하는 것처럼 들려서 강한 어조로 되받아쳤다.

"알아. 리리카는 예전부터 부탁하지도 않았는데 여러모로 날 도와주고 있거든. 이래 봬도 고맙다고 생각하고 있어. 하지만 난 해 줄 게 아무것도 없어."

"마유즈미는 너만 즐거우면 된다고 하던데."

조금 전 가게 앞에서 나눈 대화를 떠올린다.

"그럼 더 즐거울 수 있게 도와줘."

"이번엔 또 뭘 부탁하려고?"

나는 가벼운 마음으로 되물었다.

"연장하고 싶어. 위장 남친이 아니라 이번에는 진짜 남친이 돼주면 좋겠어."

아키라는 나에게서 시선을 돌리지 않았다.

아키라의 프라이드가 그것을 용서하지 않는다는 것처럼…….

달아오른 얼굴과 진지한 표정으로 말과 마음에 거짓이 없다는 점을 호소했다.

어둑어둑한 주택지 안의 눈부시게 빛나는 이 장소에서 아키라는 새로운 부탁을 했다.

일부러 자신의 진심을 보여주기라도 하려는 듯이…….

"아키라, 난—."

"대답은 문화제가 끝난 후에 해줘. 그때까진 하지 않아도 되니까."

"왜?"

고맙기도 하고 질질 끄는 것 같기도 하고.

뜻밖의 말에 나도 뭐라고 대답하면 좋을지 언뜻 떠오르지 않는다.

그 정도로 동요했다.

왜냐하면 여자에게 고백받았으니 남자로서 솔직히 기분 좋았다.

쿠호인 아키라처럼 예쁘면 더욱 그렇다.

"이 타이밍에 위장 남친 역할을 관두면 나도 곤란해. 아까도 반 애들한테 실컷 놀림당했잖아. 방파제가 없으면 솔로가 되자마자 좋아하지도 않는 남자한테 고백받을지도 모른단 말이야."

"남친과 헤어져서 상심한 지금이 절호의 기회라면서?"

"그래."

"남자들은 정말 멍청하네."

"덤으로 둔하기까지 해. 그러니까 내가 말한 거야."

“그래서 연장하자는 거야?”

“수영장에서 말했잖아. 연인의 최소 조건은 내가 좋아하는 사람이어야 한다고. 그래서 내가 고른 거야. 애초에 상대가 니시키가 아니었다면 리리카의 제안도 OK 할 이유가 없어.”

설득력이 넘친다.

모든 것이 변덕이나 우연이 아니라 아키라가 바라는 대로 진행됐다.

“너무 멍한 거 아니야? 그렇게 놀랐어?”

“솔직히 사탕이 무슨 맛인지 잘 모르겠어.”

“니시키는 여동생이 너무 예쁘니까 여자의 외모에 대한 기준이 너무 올라가 있어. 눈이 높아. 배부른 녀석.”

부정할 수 없다. 아니, 머리가 잘 돌아가지 않는다. 나는 정말 어떻게 해야 좋을까.

고백을 받은 데다가 대답은 일방적으로 유보되어 이러지도 저러지도 못하는 어중간한 상황.

점점 상황이 복잡해진 것 같은데?

“음~ 어떻게 하면 니시키의 의식이 변할까.”

아키라는 이해할 수 없다는 듯 눈썹을 모으며 팔짱을 꼈다.

“괜한 소리 해봐야 소용없어.”

“그럼 좋을 걸 가르쳐줄게.”

“뭔데.”

“니시키는 내가 아침 일찍 일어나는 게 서툴다고 생각하지?”

"내가 전화를 안 하면 지각하잖아."

"봄에는 학교에 가고 싶지 않은 기분이었지만, 지금은 달라."

"무슨 뜻이야?"

"아침에 일찍 일어나는 게 서툴다는 건 전부 거짓말이야. 난 네가 모닝콜을 하기 전에 일어나니까. 오히려 전화를 기다리고 있어."

"거짓말이라고?"

"응."

"하지만 통화할 때는 항상 잠에서 덜 깬 목소리던데."

"다 연기지. 역시 눈치 못 챘구나?"

진짜냐. 난 이 반년 이상을 아키라의 연기에 쭉 속고 있었다.

"그럼 내가 전화하는 의미가 없잖아."

"의미라면 있어. 내가 매일 아침 니시키와 대화할 수 있으니까."

충격적인 진실이 밝혀졌다.

카구야에게 들었던 말이 뇌리를 스친다.

사랑에 빠진 여자는 거짓을 말한다. 이것은 아무래도 진실인 것 같다.

"위장 남친을 부탁할 때 모닝콜은 이걸로 마지막이라고 했잖아? 그 정도로 진심이야."

아직 10대 소녀이지만 연애의 밀당은 할 줄 안다.

눈치채지 못하는 건 남자들뿐이다. 자신의 미숙함을 깨닫자 몸이 부르르 떨렸다.

나의 느긋한 성격과 어리석음이 우습기 짝이 없다.

서툴다고 생각했던 아키라가 훨씬 고수였다.

"잘 생각해 보고 대답해 줘. 그런 뜻에서 모닝콜은 조금 일찍 접을게. 내일부터 전화하지 않아도 돼."

아키라는 하고 싶은 말을 일방적으로 한 후 개운한 표정을 짓고 있었다.

한편 밤의 주택지, 동급생을 집까지 바래다주러 가는 길에 고백을 받은 나는 긍정도 부정도 하지 못 한 채 강제로 어중간한 상태에 놓였다. 싱숭생숭하네…….

아키라는 별안간 시선을 옆으로 향하더니 음료수와는 다른 자동판매기의 존재를 알아챘다.

"니시키, 이거 지금도 살 수 있는 걸까?"

아키라는 들뜬 목소리로 가리켰다.

음료수 자동판매기 옆에는 레트로풍의 자그마한 판매기가 숨겨져 있듯 놓여 있었다.

콘돔 판매기였다.

편의점이나 드럭스토어에서 흔히 본 적 있는 패키지가 들어 있다.

"그냥 이렇게 판매하는 건가?"

혼란스러운 나머지 무난한 대답밖에 나오지 않는다.

고백에서 다른 화제로 넘어갈 수 있다면 뭐든 상관없었다.

동네 골목에 이런 것이 버젓이 설치되어 있다니 참 말도 안 되게 관대한 시절이 있었구나 싶다.

요즘처럼 편의점이나 드럭스토어가 늦은 시간까지 영업하지 않았기 때문에 나름대로 수요가 있었겠지. 밤이라는 시간대는 아무래도 야한 생각을 하기 쉬워서 남의 얼굴을 피해 구매가 가능한 자동판매기는 고마운 존재였으리라.

"오, 재밌겠다. 아, 전자화폐는 사용 못 해."

아키라는 그렇게 말하며 동전을 넣었다.

"아키라, 뭐 하는 거야!"

"시험 삼아 사보려고."

"그러니까 왜!"

"와! 나왔어. 이것 좀 봐."

"여고생이 길거리에서 그런 걸 함부로 내미는 거 아니야."

"아무도 안 봐."

"내가 있잖아."

"하지만 여차할 때 안심이 되잖아."

"안심은 무슨!"

"자, 받아."

아키라는 당연하다는 듯 콘돔이 든 작은 상자를 내 손에 쥐여주려 했다.

나는 몸을 비틀어 아키라의 공격적인 동작으로부터 도망쳤다.

"받아도 곤란하거든!"

아키라는 내 팔을 붙잡았다.

"나랑 사귀면 이거 사용해도 돼."

아키라는 얼굴을 붉히면서 속삭인다.

"……."

"방금 망설였지? 니시키, 변태!"

"남자니까 어쩔 수 없잖아!"

아키라는 작은 상자를 내 가방에 강제로 쑤셔 넣었다.

"야!"

"버리면 안 된다!"

"멋대로 넣지 마!"

길 한복판임에도 나도 모르게 큰소리를 내고 만다.

"여자는 사용할 수 없단 말이야~!"

"사용할 땐 파트너가 있을 거 아니야!"

"같이 사용할 사람이 아직 없어!"

"없어도 가지고 가! 네가 샀잖아!"

"부모님이 보시면 오해하셔."

"들키지 않게 숨기든지!"

"아니면 지금 우리 집에 갈래? 오늘 밤에는 부모님이 안 들어오시거든."

"……가겠냐!"

"니시키, 겁쟁이!"

"지켜야 할 선이 있어!"

"할 때 제대로 끼우지 않는 건 싫어!"

아키라는 내 반응에 만족한 듯 멀어져 갔다.

"바래다주지 않아도 돼?"

"진짜 빨간 모자에 나오는 늑대가 되려고?"

"집 앞에서 돌아갈 거거든!"

"거의 다 왔으니까 여기까지면 돼. 잘 가!"

쿠호인 아키라는 말도 안 되는 폭탄을 떨어뜨렸다.

심장의 격렬한 고동은 아직 가라앉지 않았다.

"대체 어쩌란 거야."

나는 아키라와 헤어진 후 갑갑한 마음을 안은 채 귀갓길을 걷는다.

복잡한 남자의 마음.

이런 건 길거리에 있는 쓰레기통에 슬쩍 버리면 그뿐이다.

하지만 이건 너무나도 명백한 의사표시로써 임팩트가 세다.

나는 어리석게도 사용할 기회가 있다는 사실에 가슴이 두근거렸다.

언젠가 만에 하나 그런 순간이 찾아왔을 때는 스마트하게 일을 마무리 짓고 싶다. 콘돔이 없는 탓에 한껏 달아오른 분위기를 깨고 싶지 않고 상대에게 못난 모습을 보여주고 싶지 않았다.

—하지만 그 상대가 누군데?

"유비무환이라고 하잖아."

나는 나를 그렇게 정당화하면서 결국 집으로 가져오고 말았다.

버리지 못하는 남자의 마음이 한심했다.

막간 4 천사와 악마

“어서 와.”

옆집 문이 열리는 소리가 들려서 나는 얼굴을 빼꼼히 내밀었다.

“……?! 다, 다녀왔습니다.”

얼굴을 마주한 유나기 군은 생각보다 깜짝 놀랐다.

“많이 늦었네. 그렇게 재미있었어?”

“그냥 반 아이들과 밥을 먹었을 뿐이에요.”

“함께 밥을 먹는 건 친해지는 지름길이야.”

“저와 텐조 씨도 그랬죠.”

어쩐지 기운이 없어 보였다.

“유나기 군, 어디 아파?”

“아뇨, 그게…… 오코노미야키를 너무 많이 먹어서 속이 불편해요.”

“괜찮아? 소화제가 필요하면 줄게.”

“뭘 그렇게까지. 조금 쉬면 가라앉을 것 같아요.”

“저기, 속이 편해질 때까지 너희 집에서 차 마셔도 돼?”

“지금요?”

“물론 불편하면 됐어. 신경 쓰지 마.”

“저야 상관없지만 텐조 씨도 주무셔야 할 시간이 늦어지잖아요."

"오늘 너랑 대화를 많이 못 한 것 같아서 말이야."

"알겠어요. 금방 씻고 나올 테니까 조금만 기다려주실래요? 오코노미야키 냄새가 너무 많이 배서 이대로는 저도 신경 쓰이거든요."

"알겠어. 그럼, 그동안 차를 끓이고 기다리고 있을게."

"부탁드려요."

니시키가 욕실에 있는 사이에 집 안으로 들어간 나는 부엌에 서서 물을 끓였다. 머그컵 두 개를 준비하고 비치된 좋아하는 브랜드의 찻잎을 티포트에 넣는다. 추출하기 적당한 온도로 끓인 물을 붓고 잠시 우려냈다.

샤워 소리가 희미하게 들린다.

"……니시키가 아팠을 때 수영복을 입고 들어갔었지."

그때는 돌봐줘야겠다는 마음에 깊이 생각하지 않았다.

하지만 냉정하게 생각해 보니 니시키가 지적한 대로 대담한 짓을 해버린 듯한 느낌이 든다.

알몸에 목욕 타올 한 장만 두르고 들어간 것도 아니고, 수영복은 매일 입는 거라 거부감이 없었기에 더욱 제동이 걸리지 않았다.

애초에 남학생의 노출된 상반신은 부활동에서 지겹도록 보았기 때문에 아무렇지 않을 것이라고 착각하고 있었다.

하지만 막상 수영복을 입은 내 모습을 본 유나기 군의 솔직한 반응을 알게 되니 나도 의식하지 않을 수 없었다. 그땐 다행히 아무 일도 없었지만 하마터면 잘못을 저질렀을 가능성도 충분히 있었다.

애초에 위험했던 타이밍은 지금까지 몇 번이나 있었다.

침대 위로 쓰러진 적도 있고 실수로 아침까지 같이 잔 적도 있다. 학교 체육관 창고에 갇혔을 때는 키스를 기대했었다.

여자로서의 본능을 억누를 수 없었던 순간이 있었냐고 물으면 짚이는 데가 너무 많다.

난 왜 이렇게 파렴치한 걸까.

니시키에게 욕정을 느끼는 걸까?

머릿속에서는 이성이라는 이름의 천사가 애타게 설교해도 본능이라는 이름의 악마는 들은 체도 하지 않고 제멋대로 행동하려 했다.

천사— 당신은 어엿한 성인입니다. 학생을 바른길로 인도하는 교사라고요. 정숙하게 행동하세요.

악마— 하지만 인간도 어차피 동물이고 한창 즐기고 싶은 나이야.

천사— 책임감 있는 사회인으로서 이 이상의 허튼짓은 용서 못 합니다!

악마— 학생에게 질투하는 여자가 이제 와서 멋있는 척하지 마.

천사— 입 다무세요! 지금 여기서 포기하면 지금까지의 노력이 물거품이 됩니다.

악마— 거 봐. 참고 있는 건 알고 있네. 몸이 얼마나 정직한지 알아?

천사— 육신의 정욕에 빠진 자는 반드시 후회하게 됩니다!

악마— 처녀 주제에 어떻게 단언해? 자기도 안기고 싶으면서.

천사— 부모님처럼은 되고 싶지 않아요!

악마— 영원한 사랑을 맹세한 사람이라면 괜찮다니까. 늦든 이르든 어차피 같이 잘 거잖아.

천사— 무리예요! 지금 허락하면 교실에서 교사로서 행동할 수 없어요!

악마— 잘 들어. 어린 여자애한테 빼앗겨도 난 모른다.

천사— 그렇기 때문에 영원한 사랑을 믿는 거예요!

악마— 몸으로 묶어두는 게 훨씬 효과적이고 너도 안심할 수 있을 거야.

천사— 그대, 이웃 협정을 깨뜨리지 말지어다!

악마— 그 아이도 그걸 원한다는 건 알지?

천사— 무서워요. 만약 선을 넘었다가 배신당할까 봐…….

악마— 영원한 사랑이 없다는 걸 몸소 증명할 수 있겠네. 잘 됐어.

"잘 되긴 뭐가!"

나도 모르게 소리를 지르고 말았다.

"어머?! 어쩌지. 딴생각을 해버렸어!"

정신을 차리고 보니 홍차를 오래 우려낸 바람에 붉은색을 넘어 검은색에 가까운 색이 되고 말았다.

"대체 뭘 하는 거야……. 남의 집에서 쓸데없는 생각이나 하고."

찻잎 거름망을 꺼내면서 자기혐오에 빠진다. 모처럼의 고급 홍차가 떫은맛이 날 게 틀림없다.

"무슨 일이에요! 설마 B가 나왔어요?!"

내 목소리를 듣고 유나기 군이 욕실 쪽에서 뛰쳐나왔다.

"그 단어는 금지야!"

나는 까맣고 기분 나쁜 이미지가 떠올라서 눈을 질끈 감았다.

그리고 다시 눈을 뜨자 상반신을 노출한 채 걱정스러운 얼굴을 한 유나기 군이 눈앞에 서 있었다.

유나기 군은 황급히 나오는 바람에 옷을 입고 있지 않았다.

"……."

나는 그 모습을 빤히 쳐다봤다.

상상했던 것보다 실물은 보통이다. 하지만 나에게 닿는 걸 상상하면 긴장한 나머지 심박수가 빨라진다. 체온이 올라가 버렸다.

"텐조 씨? 큰 소리가 나서 깜짝 놀랐어요."

"머릿속에서 천사와 악마가 최후의 결전을 벌이는데 승부가 나지 않아……."

"네?"

유나기 군은 당연히 어리둥절한 표정을 지었다.

"일단 옷부터 입어!"

머릿속이 복잡한 지금은 유나기 군의 모습이 눈에 해롭기 때문에 등을 돌렸다.

“홍차가 너무 진해졌다고요? 이 정도면 데운 우유를 타서 마시면 괜찮아요.”

옷을 갈아입고 온 유나기 군은 나의 실수를 크게 신경 쓰는 기색 없이 웃어주었다.

이번에야말로 주의하며 작은 냄비로 우유를 데우는 동안 유나기 군은 욕실에서 교복에 탈취 스프레이를 뿌렸다.

“별일이네요. 텐조 씨가 멍하게 계실 때가 있다니.”

우리는 완성된 밀크티를 방에서 마셨다.

“혼자 있으면 보통 그래.”

“걱정 끼쳐서 죄송해요.”

“그 문제는 카구야 양이 왔을 때 꽤 많이 해결돼서 괜찮아.”

“제 여동생도 가끔은 도움이 되네요.”

“그런 식으로 가볍게 말하는 거 좋지 않아.”

“텐조 씨 덕분에 농담도 할 수 있게 됐어요. 저희 남매는 감사하게 생각해요.”

“그건 지겹게 들었어. 오히려 고마워해야 할 사람은 나야. 나 혼자였다면 그대로 끝났을 테니까…….”

“제가 선생님 옆집에 계속 살고 싶었을 뿐이에요. 음, 밀크티로 만드니까 너무 맛있는데요?”

“따뜻한 음료가 맛있게 느껴지는 계절이 됐네.”

우리는 천천히 맛을 음미했다.

계절이 바뀌는 가운데 이러한 이름 없는 시간을 공유하는 기쁨을 만끽한다.

내일도 학교에 가야 한다. 얼른 잠자리에 드는 것이 좋다. 하지만 조금만 더 같이 있고 싶었다.

“유나기 군, 아직 머리가 젖었네. 드라이어는 사용하지 않아?”

“드라이어로 말리는 거 귀찮지 않아요? 이 정도는 내버려두면 말라요.”

“아~ 그건 머리가 긴 여성에게 해도 되는 대사가 아니야.”

여성이 자신의 머리카락 손질에 매일 얼마나 많은 시간을 들이는지 알기나 하는 걸까.

윤기 나는 머릿결은 하루아침에 만들어지지 않는다.

“어쩔 수 없네. 내가 말려줄게.”

“네? 괜찮아요.”

“내가 해보고 싶어서 그래.”

“……그럼 부탁드려요.”

세면장에서 드라이어를 가져와 달라고 했다.

내가 침대 위에 앉아 바닥에 앉은 유나기 군의 머리를 말려줬다.

“어째 좀 쑥스럽네요. 누군가가 머리를 말려주는 건 미용실에서 머리를 자를 때 말고는 어릴 때 이후로 처음인 것 같아요.”

머리를 말려주면서 유나기 군의 머리를 쓰다듬는 척하며 손끝으로 머리카락을 슬쩍 매만졌다.

"후훗."

나도 모르게 입가가 벌어지고 만다.

"왜 좋아하세요?"

"왜긴 머리카락을 만지게 해준다는 건 상대에게 마음을 허락했다는 증거잖아."

"물론이죠."

"나도 남자의 머리를 말려주는 건 처음이야."

"영광입니다."

소소한 대화를 나누다가 문득 유나기 군의 손목에 있는 헤어 고무줄이 눈에 들어왔다.

"그러고 보니 작업할 때 헤어 고무줄로 머리를 묶었던데."

교실에서 작업할 때 머리카락을 뒤로 묶고 있었다. 진지한 표정으로 튀어나오지 않게 색을 칠하는 모습이 왠지 귀여웠다.

"페인트를 칠할 때는 확실히 거치적거리더라고요. 그게 왜요?"

"아니야, 그냥 확인한 거야."

"너무 긴가요? 신경 쓰이시면 문화제가 끝난 후에 자를게요."

"아니야, 헤어스타일은 네 마음이니까 딱히 상관없지만……."

"없지만?"

유나기 군에게는 그냥 헤어 고무줄일 뿐 깊은 의미는 느껴지지 않는다.

"—다른 여자애한테 받은 거라 좀 그렇네."

그럼에도 계속 신경이 쓰여서 결국 입 밖으로 내뱉고 말았다.

"자. 다 말렸어."

드라이어의 스위치를 끄자 갑자기 방이 조용해졌다.

"텐조 씨, 죄송해요. 제가 어리석었어요."

"괜찮아. 애초에 쿠호인 양의 위장 남친이 되어도 좋다고 허락한 건 나잖아. 공범자니까 눈감아줘야지."

"하지만 역시 텐조 씨에게 거짓말을 하게 만들고 참도록 하는 건 저도 괴로워요."

"유나기 군이 사과해도 어쩔 수 없는 일이야."

"그럼 하다못해 텐조 씨의 헤어 고무줄이라도 주세요."

유나기 군은 뒤를 돌아보더니 마침 손목에 있던 헤어 고무줄을 가져갔다.

"도둑이야!"

"돈 낼게요."

"이런 걸로 돈 달라고 안 해."

"헤어 고무줄을 공짜로 받을 수는 없죠."

아아, 안 되겠어. 이제 한계야. 이렇게 단둘이 있게 되면 참을 수가 없어.

얼굴을 숙이지 마. 입꼬리를 올려.

등을 곧게 세우고 가슴을 펴.

늘 그랬듯이 미소를 지어.

조금만 더 견디면 돼.

유나기 군을 걱정시키지 마.

난 괜찮아.

성숙한 어른이잖아.

흐트러지지 마.

거짓말을 해.

안 돼.

무리.

눈물— 잠깐, 저건 뭐지?

터져 나오기 일보 직전인 눈물이 쏙 들어갈 만한 이상한 것을 발견하고 말았다.

어떻게 알아챈 건지 나도 잘 모르겠다.

그저 우연일까? 여자의 감일까? 유나기 군이 돌아온 후 어렴풋이 느껴지던 말로 표현할 수 없는 평소와는 다른 분위기 때문이었을까? 단지, 명확하게 지금까지 방에 없던 것을 발견해 버렸다.

"냄새가 나."

나는 천천히 침대에서 일어나 일직선으로 향했다.

방구석에 지퍼가 열린 상태로 놓여 있는 학생 가방 안으로 작은 상자가 보였다.

"아, 죄송해요. 가방에 탈취 스프레이를 뿌리는 걸 깜박했네요. 지금 뿌릴게요."

유나기 군은 아직 눈치채지 못했다.

여성이 남성보다 후각이 예민하다고 한다.

하지만 이 경우의 냄새는 아마도 후각과는 관련이 없으리라.

나의 제육감이 그 결정적인 것을 포착했다.

망설이지 않고 유나기 군의 가방에 손을 넣어 그것을 꺼냈다.

그리고 잘못 본 게 아니라는 것을 확인하고 천천히 유나기 군을 향해 돌아선다.

"있잖아, 유나기 군. 이건 대체 뭘까? 선생님에게 자세히 가르쳐줄래?"

나는 분명 최고의 미소를 짓고 있겠지.

그리고 유나기 군은 얼어붙었다. 표정부터 손끝, 머리카락 끝까지 순식간에 얼음 조각상이 된 것처럼 일절 움직임이 없었다.

내 머릿속에서 언쟁을 벌이던 천사와 악마는 화산 분화의 직격을 맞고 날아가 버렸다.

천사 · 악마— 아아~~~?!?!

"그, 그런 거 아니에요?!"

"뭐가?"

"복잡한 경위를 거쳐 여기 있는 거예요!"

"됐으니까, 질문에 대답이나 하시죠."

나는 자연스럽게 아주 온화한 말투로 캐물었다. 흘러내리는 용암의 속도는 느리지만 무시무시할 정도로 고열이다.

유나기 군은 씁쓸한 표정을 지은 후 신에게 도움을 요청하듯 하늘을 올려다봤다.

그리고 각오를 다진 듯 입을 열었다.

"남녀가 밤에 정을 나눌 때 장착하는 것으로 이른바 콘돔이에요."

"직접 샀어?"

"집에 오는 길에 억지로 받았어요."

"누구한테?"

거기서 유나기 군은 입을 다물었다. 그 반응을 보고 알아챘다.

"**그 아이**구나."

"네."

"두 번이나 공짜로 고무를 받다니!"

"똑같은 고무가 아니잖아요!"

"뭐가 됐든 똑같아!"

"죄송해요!"

"너무 직설적이지 않니?! 요즘 애들은 이렇게 적극적이야? 꽤 하는데?"

설마 이렇게 직접적인 방법을 쓰다니?! 동요가 잦아들지 않아 우왕좌왕했다.

학생들과 나이 차이가 얼마 나지 않는다고 생각했는데 세대 차이를 자각한다.

"아니, 잘 좀 보세요! 미개봉! 신제품에 미사용! 맹세컨대 아무 짓도 안 했어요!"

유나기 군은 필사적으로 결백을 호소했다.

"당연하지. 미개봉이 아니었다면 절대 믿지 않았을 거야."

기분은 엉망이었지만 최악의 전개가 펼쳐지지 않았다는 사실에 몰래 가슴을 쓸어내렸다.

저쪽은 이쪽의 사정을 모른다. 단지 자신의 연애에 몰두할 뿐이다.

그나저나 너무 대담한 거 아니야?!

"적에게 소금을 너무 많이 보냈나[#2]?"

"의외로 냉정하시네요……."

"그렇게 보여?"

"아뇨, 말실수였어요."

평소 유나기 군이었다면 이렇게 시시한 실수는 하지 않았을 것이다.

"도대체 왜 또, 이렇게 직접적인 걸……."

"좋아한다고 고백하더라고요. 위장 남친이 아니라 진짜 남친이 되어줬으면 좋겠다고."

남녀관계란 조금만 시선을 돌려도 이렇게나 급속도로 진행돼버리는 걸까?

자기가 좋아하는 사람이 다른 사람에게도 인기가 많아서 기

#2 적에게 소금을 보내다: 적이라도 어려울 때는 돕는다는 뜻.

분이 좋다는 건 나는 도무지 이해가 안 된다.

다른 누군가에게 고백을 받아? 상상도 하기 싫다.

질투와 독점욕 때문에 어떻게 될 것만 같았다.

젊음이라는 것은 참 무섭다.

나는 처음으로 위협을 느꼈다. 죽자 살자 덤비면 막을 방법이 없다.

이런 걸 내밀 정도면 상대는 진심이다.

"어리석은 발언을 되로 주고 말로 받은 것 같네."

나도 모르게 중얼거렸다.

"되로 주고 말로 받아요?"

"쿠호인 양이 유나기 군에게 호의를 품은 건 모닝콜의 영향도 있잖아. 거기에 쐐기를 박듯 내가 위장 남친이 되어 달라고 한 거야. 그 모든 게 부메랑처럼 돌아왔어."

"제 잘못이에요."

"괜찮아. 나도 예전에 유나기 군이 다정하게 대해줘서 좋아하게 됐는걸."

원인과 결과다.

쿠호인 양과 닮았다고 생각했지만 설마 남자 취향까지 닮았을 줄이야.

마치 십 대인 자신이 이십 대인 자신의 발목을 붙잡는 것 같다.

—무엇 때문에?

다 큰 성인이 어린아이처럼 영원한 사랑 따위는 꿈꾸지 말라고 비웃는다.

결국 어른이라는 것은 나이에 따른 구분일뿐, 정신적으로 크게 달라지지 않는다.

"다른 사람이에요."

"뭐?"

"텐조 레이유와 쿠호인 아키라는 별로 안 닮았다고요. 지금 텐조 씨의 반응을 보고 확신했어요."

"확신이라니?"

"만약 텐조 레이유가 저와 동급생이었다고 해도 아키라처럼 행동하지 않았을 테고, 할 수도 없을 것 같아요."

"그건, 그래……."

"저는 선생님과 이 타이밍에 만났기 때문에 지금의 관계가 된 거예요. 이상하게 들리시겠지만, 반대로 옛날의 텐조 레이유였다면 분명 아무 일도 일어나지 않은 채 졸업했을 거라 생각해요. 이런 미인이 동급생 중에 있어도 말조차 못 건다니까요."

유나기 군은 쑥스럽다는 듯 털어놓았다.

그 말이 위안이 된다.

어떤 트러블이나 고난이 있어도 사랑은 언제나 지금이 베스트 타이밍이다.

"그건 그것대로 서운한데?"

울컥하는 마음에 눈물이 나오려는 것을 참으려고 우스갯소리를 했다.

"뭘요. 저는 의붓여동생이 고백했을 때 도망쳤고, 다른 여자가 준 고무를 끝내 버리지 못한 남자예요."

못난 남자인 것처럼 말하지만 실제로는 반대다.

모든 것은 상대방에게 상처를 주지 않으려고 행동한 결과에 지나지 않는다.

쿠호인 양의 진심을 잘 이해하기 때문에 성실하게 마주하려고 한다.

유나기 군은 상대방의 기분을 상상할 수 있는 사람이다.

자신이 줄 수 있는 최고의 상냥함을 아낌없이 쏟으며 상대가 상처받지 않도록 최선을 다했다.

"우리는 과거로 돌아갈 수도 없고 미래를 앞질러 갈 수도 없어요. 지금 확실한 건 이곳에 있는 애정이 거짓이 없는 진실이라는 것뿐이에요."

나의 갈 곳을 잃는 분노는 대화를 나누는 사이에 잦아들어 토라지는 것만으로도 충분할 만큼 여유가 생겼다.

"그런데도 군이 집에까지 들고 온 거네."

"막상 그런 상황이 벌어졌을 때 없는 것보단 나을 것 같아서요. 이 **방에서**!"

유나기 군은 여봐란듯이 마지막을 강조한다.

막상 구체적인 도구가 눈앞에 있으니 점점 평소와는 다른 긴장감에 지배되어 갔다.

어, 어떻게 해야 하지? 나, 어쩌면 좋냐고?!

"……하고 싶어?"

"그야, 네."

"만약 다른 여자애가 해도 된다고 하면 사용할 거야?"

"걱정하지 마세요. 저의 최우선 사항은 이웃 협정이니까."

아아, 결국 이런 부분을 좋아하는 것이다.

유나기 군에게도 나에게도 욕망이 있다.

나의 망설임도 분노도 질투도 분명히 다 알고 있다. 그럼에도 기다려주고 있었다.

"문화제 때 모든 거짓말을 깔끔하게 끝낼게요."

유나기 군은 똑 부러지게 말했다.

제5장 1번이에요

문화제가 시작되었다.

애니멀 메이드 카페는 콘셉트에 걸맞은 내부 인테리어와 여학우들의 귀여운 메이드 모습이 일찌감치 화제가 되어 정오를 지날 무렵에는 긴 행렬이 생겼다. 2학년 C반 교실에서 뻗어 나온 줄은 복도를 지나 계단 아래까지 이어졌다.

"닛키 점장님. 4번 테이블에 커피와 쿠키를 각각 두 개씩요!"

주문을 받는 카운터에 접객을 담당하는 여자아이가 메이드복 차림으로 주문을 전달하러 왔다.

반면, 칸막이를 사이에 두고 뒤편에서는 남자들이 음식을 준비한다.

늘 보던 익숙한 교실이 화려한 장식과 칸막이 때문에 한층 협소하게 느껴졌다.

교실 뒤쪽을 창고와 메뉴 준비실 공간으로 만들고 남은 공간에 책상을 이어 붙여 테이블을 만들었다.

"언제부터 내가 점장이 된 거야?"

주문이 들어오면 입과 별개로 손이 자동으로 움직였다.

만들어 둔 커피를 종이컵에 재빨리 붓는다.

"앞치마가 잘 어울리고 카페 알바 짬에서 나오는 익숙한 동작만 봐도 준비실을 총괄하는 점장 역할에 제격이야!"

“모처럼 맞춘 단체복을 더럽히기 싫어서 그래.”

기념품이기도 한 단체복에 커피가 튀기라도 하면 우울해질 뿐더러 얼룩을 지우기 귀찮기 때문이다.

“거기까지 생각해서 앞치마를 가지고 온 건 닛키뿐이야. 역시 요리를 할 줄 아는 남자는 든든해.”

마유즈미가 무슨 말을 하려는지 모르는 건 아니다.

처음에는 적당히 붐볐었는데 메이드의 평판이 평판을 불러 손님이 점점 늘더니 외부에서 온 손님이 늘어감에 따라 줄도 길어졌다.

그에 반해 준비실을 맡은 남학생들은 음료나 간식을 주문대로 준비하는 것조차 버거워하는 녀석들이 많았다. 종이컵에 붓는 음료의 양이 제각각이거나, 개수가 다르거나, 주문 자체를 틀리기도 했다. 서빙하기 직전에 쏟아버리면 준비실은 그야말로 패닉 상태에 빠져 허겁지겁 청소하느라 손님을 더욱 기다리게 하고 말았다.

그리고 예쁜 메이드가 많은 까닭에 헌팅을 목적으로 오래 눌러앉아 있으려는 손님도 눈에 띄었다.

결정타는 교실 밖까지 길게 늘어선 대기줄을 정리할 인력을 배치한 것이다.

2학년 C반 학생은 모두 서른 명이고 남녀 성비는 거의 반반이다.

그것을 10명씩 세 그룹으로 나누어 돌아가며 담당한다.

사전에 각자의 스케줄에 맞추어 빈틈없이 근무표를 짰지만 역시 예상치 못한 트러블은 피할 수 없다.

부활동이나 다른 활동으로 도저히 근무표에 넣을 수 없는 사람, 도중에 빠지거나 트러블이 생겨 정해진 시간에 돌아오지 못하는 사람도 있다.

그래서 홀 서빙이나 준비실 업무도 처음에 계획했던 인원보다 줄어든 데다 대기줄 정리에 인원을 배치하는 바람에 업무가 원활히 돌아가지 않아 대혼란에 빠졌다.

아직 내가 일할 시간은 아니었지만 보다 못한 나는 지원사격에 들어갔다.

『고객 회전율을 높이기 위해서 아래의 규칙을 철저히 주지해 주세요. 1인 1메뉴, 테이블 이용 시간은 30분 엄수! 외부 음식 반입 금지! 사진 촬영은 가게 내부와 음식으로 한정. 스태프의 얼굴이 찍히지 않도록 반드시 알릴 것. 그리고 헌팅을 시도하는 손님에게 주의를 주고, 따르지 않을 시에는 영업방해죄로 운동부 남학생들이 가차 없이 완력을 행사해 쫓아내도 됩니다!』

준비실 쪽 사령탑으로서 다른 아이들을 지휘하며 홀 리더인 마유즈미와 연계해 접객 체제를 다시 세워나갔다.

『니시키, 만들어 둔 커피가 다 떨어졌어.』

『아까 새로 만들었잖아! 그걸 꺼내고 보충분도 추가로 만들어 놔.』

『니시키, 메이드랑 같이 즉석 사진을 찍고 싶대.』

『여긴 카페야! 그런 서비스는 하지 않아!』

『하지만 쿠호인을 지명하면서 돈이라면 부르는 대로 내겠대. 어쩌지?』

『돈을 얼마든지 낸다고 해도 논외야! 각하! 전부 거절해!』

『점장, 끈질기게 찝쩍대. 아무리 주의를 줘도 갈 생각을 안 해.』

『지금 여유가 있는 운동부원에게 쫓아내달라고 해!』

『점장! 문화제 실행 위원이 대기줄을 정리해달래.』

『아~ 진짜! 여긴 나한테 맡기고 거기 두 사람은 대기줄을 정리해 줘!』

『원장님!』

『누가 원장님이야!』

『귀여운 동물에게 먹이는 주는 서비스는 없냐고 물어보네. 특히 호랑이가 좋아할 만한 특상품 고기를 주고 싶대. 돈이라면 부르는 대로 준다고.』

『아키라와 즉석 사진을 찍고 싶다던 그 녀석이지! 사고 치기 전에 쫓아내.』

쉴 틈 없이 잇달아 나를 찾는 소리에 이리 뛰고 저리 뛰느라 정신이 없다.

그럼에도 학우들이 익숙해질 때까지 시간을 벌며 노력한 덕분에 여전히 혼잡하지만 혼란은 잠재울 수 있었다.

카페에서 아르바이트한 경험은 여러모로 도움이 되는구나.

그렇게 지시를 내리고 질문에 답하는 사이에 나는 점장이라고 불리게 됐다.

참고로 준비실을 맡은 남학생들도 동물 귀 머리띠만큼은 끼고 있었다.

내가 끼고 있는 늑대 귀는 아키라가 골랐다.

"마유즈미, 3번 테이블은 슬슬 시간이 다 됐으니 퇴실해달라고 해."

"알겠어! 걱정하지 마. 아키아키랑 단둘이 놀러 갈 시간은 꼭 만들어줄 테니까!"

메이드가 된 마유즈미 리리카는 타고난 밝은 성격을 무기로 싹싹한 친구 캐릭터를 내세우며 처음 만난 손님에게도 친근감 있게 다가갔다. 고양이 귀를 낀 메이드는 그 소탈한 태도와 화려한 화술이 그야말로 THE 메이드 카페의 메이드 그 자체다. 손님 중에는 마유즈미와 대화를 하고 싶어서 추가로 주문하는 사람도 많았다.

"뭐, 그럴 여유가 있으면 좋겠지만."

"왜?"

"아직 점심 전인데 이렇게 붐비잖아. 손님은 앞으로도 계속 늘어날 거야."

복도를 오가는 사람들이 많아졌고, 현재로서 2학년 C반의 애니멀 메이드 카페에 손님의 발길이 줄어들 기미는 보이지 않는다.

“흐음~ 애들한테 도와달라고 연락하긴 했지만, 백이면 백 모두가 와 줄 리 만무하니까. 리리카도 예상을 못 했어.”

스마트폰의 메시지를 확인하는 표정이 영 시무룩하다.

“문전성시라는 건 콘셉트가 좋았다는 증거잖아. 마유즈미 혼자만의 책임이 아니야.”

“……닛키는 마음이 넓구나.”

“비행기를 태워도 콩고물은 없어.”

“아키아키가 마음을 열 만해.”

마유즈미는 뭔지 알겠다는 듯 중얼거린다.

“아무리 그래도 손님이 너무 많이 와.”

물론 다 함께 준비했고 다른 반과 비교해 봐도 퀄리티가 높다고 자부한다. 그렇지만 이제는 문화제 레벨을 벗어났다고 봐도 좋을 만큼 혼잡했다.

“리리카는 친구가 많잖아. 모두에게 놀러 오라고 말해서 그런 걸지도 몰라.”

“그건 마유즈미의 인맥이 두터운 거고, 가게 입장에서는 대성공이지.”

나는 그 부분은 가볍게 생각했었다.

“…….”

“마유즈미?”

“사실 아무래도 다른 이유가 있는 것 같아.”

마유즈미는 뭔가 걸리는 게 있다는 듯 털어놓았다.

주변에 듣는 사람이 있는지 없는지 확인하더니 나에게 손짓한다.

비밀 이야기를 하고 싶은 모양이라고 생각한 나는 가까이 다가간다.

“아키아키랑 닛키가 사귄다는 소문을 퍼뜨린 효과가 예상했던 것보다 훨씬 잘 먹힌 것 같아. 남친이 누군지 굳이 확인하려고 온 다른 학년이 꽤 있대.”

“진짜?”

“응.”

“아키라는 정말 인기가 많네.”

“너무 남 일처럼 말하는 거 아니야?! 이렇게 밥상을 다 차려 줬는데 꿈쩍도 안 하는 닛키는 대체 뭐야?! 얼른 정식으로 남친이 되어 줘!”

“이 타이밍에 마유즈미가 적반하장으로 나오는 게 이해가 안 되는데……?”

“공식 채널에서 정보를 뿌리지 않으면 팬은 안절부절못하는 법이야! 아무튼 OK인지 아닌지 확실히 해!”

팬심은 복잡한 모양이다.

“그 아키라가 저렇게 활약할 줄이야.”

홀에서는 호랑이 귀를 착용한 아키라가 빠릿빠릿하게 움직이고 있었다.

무뚝뚝한 표정과 간단한 대화만으로 주문을 받으면 곧장 준비실에 알려준다. 손님이 떠난 테이블을 정리하고 다음 손님을 테이블로 안내한다. 끈질긴 손님에게는 차갑게 일침을 날렸고 그 눈빛에 제압당한 손님은 맥없이 물러갔다.

"퉁명스러운 메이드에게 오히려 더 끌려. 기분 좋은 매운맛이라 득템한 기분이거든."

"손님을 상대해야 하는 업종에선 최악이지만, 아키라에게 무뚝뚝한 메이드 캐릭터는 정말 잘 어울려……."

손님에게 저렇게 냉정하게 대하는 데도 좋아하는 사람이 많다니 참 신기할 따름이다.

"웃는 얼굴은 좋아하는 사람에게만 보여주니까 괜찮아."

"리리카, 농땡이 부리지 말고 일하러 가시지."

아키라가 이쪽으로 다가오며 주의를 줬다.

"네~."

마유즈미는 준비된 커피를 쟁반에 담아 홀로 돌아갔다.

"3번 테이블에 커피랑 홍차 하나씩 준비해 줘."

마유즈미에게 부탁했던 3번 테이블 정리는 아키라가 이미 끝낸 모양이다.

"알겠어."

예의 고백사건 후 오늘까지 쿠호인 아키라의 태도에 달라진 점은 없다.

내가 모닝콜을 그만둔 후에도 아키라는 아침잠이 많은 건 거짓이었다고 실토한 대로 지각하지 않고 학교에 등교했다.

자연스럽게 대화하고 급우들이 커플 대우를 하면 커플인 척 행동한다. 점심시간에는 옆자리로 와서 여전히 같이 밥을 먹는다.

평소와 다름없는 모습에 혀를 내둘렀다. 간이 큰 것인지 마음의 동요를 일절 보이지 않았다.

"아키라 덕분에 장사가 잘된대. 간판 마스코트네."

"갑자기 무슨 뚱딴지같은 소리야. 별안간 칭찬하면 기분 나쁘거든."

"일단 남친이라면 할법한 말을 해본 거야."

"깜짝 놀랐네. 너무 바빠서 머리가 어떻게 된 줄 알았어."

흥을 깨는 반응과 가식 없는 솔직한 말에 화가 났다.

나는 고백 사건 때문에 마음이 계속 불편해 죽을 지경인데…….

"내가 고백한 니시키 유나기는 그리 가볍게 달콤한 말을 내뱉지 않아. 해석 오류야."

"――."

참신한 폭언에 작업하던 손이 멈추고 말았다.

지금까지 피해 왔던 화제를 느닷없이 던졌다.

"왜? 빤히 쳐다봐도 곤란하거든. 내가 그렇게 좋아?"

나를 부채질하는 아키라는 실로 즐거워 보인다.

"아키라는 학교행사에 비협조적일 거라고 생각했는데."

"이번에는 니시키 덕분에 특별해. 문화제가 끝나면 명확해지잖아."

아키라는 몹시 공격적인 미소를 지었다.

"……보통 결과를 기다리는 동안은 떨려서 안절부절못하지 않아?"

"난 긴장하면 괜히 더 흥분하는 타입이거든."

"실전에 강하구나."

"그래서 대회 때도 좋은 성적을 냈었지."

매일 노력을 게을리하지 않고 자신에 대한 객관화가 잘 되어 있으며, 지금까지 결과를 내왔던 자신감이 바탕에 깔려있어서 여유가 있었다. 이러한 사람들의 정신력은 상당히 강하다. 원하는 결과를 쟁취한다.

"달리기랑 연애는 다른데?"

"하지만 니시키는 최근 일주일 동안 계속 날 의식하고 있잖아."

"그야 어쩔 수 없는걸."

아키라는 과장된 동작으로 카운터 반대쪽에서 이쪽을 들여다보려고 했다. 목 주변이 크게 파인 복장이라 몸을 앞으로 숙이면 가슴골이 보인다.

메이드복을 입은 탓에 아키라의 몸매가 유난히 강조되어 묘하게 의식하고 만다.

"니시키, 시선이 야해."

아키라는 손으로 가슴을 슬쩍 가렸다.

"자, 주문받은 거 다 됐으니까 가지고 가."

나는 얼버무리듯 드링크를 올려놓은 쟁반을 내밀었다.

"그래서? 내가 메이드복을 입은 모습을 보니까 어때?"

아키라는 득의양양한 얼굴로 싫지 않은 눈치다. 오늘 상당히 기분이 좋아 보였다.

"입어봤을 때 칭찬해 줬잖아."

"문화제 당일의 감상을 듣고 싶어."

"가볍게 달콤한 말을 내뱉는 건 해석 오류라면서."

"그럼에도 듣고 싶을 때가 있어."

"성가시다, 진짜."

"맞아. 여자는 지독하리만치 성가셔. 하지만 니시키는 그런 거 싫어하지 않잖아?"

쿠호인은 다 안다는 듯 웃었다.

"야호, 유 군 있어? 나, 왔는데."

그 타이밍에 카구야가 교실에 모습을 드러냈다.

"아~ 농땡이부리면서 메이드 언니랑 잡담을 하다니 그러면 안 되지."

카구야는 테이블이 아닌 내가 있는 카운터 앞까지 쑥 들어왔다.

게다가 옆에 있는 아키라를 마치 투명 인간인 것처럼 밀어냈다.

아키라의 한쪽 눈썹이 꿈틀대며 치켜 올라간 것을 나는 놓치지 않았다.

"애는 내 동생이니까 다른 손님부터 안내해 드려."

"점장이 그렇게 말한다면 그럴게."

카구야를 데리고 온 여학우에게 전달하니 이해해 주었다.

"유 군, 점장이 된 거야?"

"이름만 점장이야. 그나저나 카구야, 일찍 왔네. 줄이 길어서 많이 기다렸지?"

"아니. 바로 들어왔어."

"바로? 설마 마음대로 들어온 거야? 순서를 지켜야지."

"맨 끝에서 기다리고 있었어. 그랬더니 누가 말을 걸길래 「안에 오빠가 있는데, 시간이 없어서 빨리 만나야 하는데 난처하네요」라고 했더니 다들 순서를 양보해 줬어. 착한 사람이 참 많네."

카구야는 생글생글 웃으며 설명했다.

남성 여러분, 이 중학생 소녀의 손바닥 위에서 놀아난 겁니다.

자못 상대방의 선의를 받아들였다는 식으로 말했지만 응석 부리기의 달인인 카구야답다.

"손님, 이곳에서 잡담은 삼가세요. 테이블로 이동해주시길 바랍니다."

아키라는 여봐란 듯 정중한 말투로 사이에 끼어든 카구야에게 주의를 줬다.

"어? 아직도 있었네? 메이드 언니는 얼른 일이나 하러 가시지?"

카구야도 아키라의 존재를 태연히 무시하고 나와 계속 대화하려고 했다.

"끌어낸다!"

"유 군, 이 메이드 언니 무서워. 날 매섭게 노려봐."

"신경 쓰지 마. 아키라는 저 눈빛이 기본값이거든. 그리고 지금 맡은 캐릭터의 이미지가 그런 쪽이야."

"호오~ 노려보는 걸 좋아하다니. M 손님들이 많나 봐."

"마이 시스터는 그런 단어를 어디서 배운 거야."

중학생이 입에 담을 단어가 아니다.

"니시키는 내 편을 들어야지!"

아키라가 불만을 토로하며 쟁반을 들고 가버렸다.

"카구야, 일단 거기 서 있으면 방해되니까 이쪽으로 들어와. 마음대로 행동하면 안 된다."

"네에~."

카구야는 순순히 따른다.

"어이, 니시키. 그 귀여운 소녀는 너랑 아는 사이야?"

긴장한 얼굴로 준비실 쪽에 있는 남학생 한 명이 대표로 물어봤다.

나와 카구야의 눈이 마주친다.

"처음 뵙겠습니다. 오빠가 늘 신세 지고 있습니다. 여동생인 카구야예요. 안녕하세요!"

카구야는 붙임성 있게 인사했다.

급소를 노린 천진난만한 태도가 녀석들의 마음을 꽉 쥐겠지.

""""""형님!!!!""""""

다섯 명 모두가 일제히 입을 모았다.

"누구더러 형님이래! 너희한테 형님이라고 불릴 이유가 전혀 없거든!"

"유 군 주변에는 재미있는 친구들이 많네."

가볍게 미소를 흘렸다.

""""""절친이죠!!!!!!""""""

"언제부터?!"

그 녀석들은 갑자기 나와 어깨동무하더니 강제로 친한 친구임을 어필한다.

비좁으니까 마음대로 돌아다니지 마.

너희들 카구야한테 농락당하고 있는 건 알고 있냐?

알기 쉬운 녀석들이네.

"쿠호인에 이어서 이렇게 귀여운 여동생이 있다니."

"자기만 좋은 거 다 하고. 치사한 자식!"

"완전 리얼충이네."

"우리한테도 여자를 소개해 줘!"

"정식으로 형님이라고 부르게 해주십시오."

"너희들 시끄러워! 일이나 해! 안 그러면 내가 나갈 거야!"

"점장의 횡포."

"직권남용."

"직장 내 괴롭힘이야."

"예쁜 여동생을 과시하고 있어."

"여동생이 농담 안 하고 진짜 예뻐……. 좋아."

녀석들이 단체로 야단법석을 떨면 그것만으로도 성가시다.

그리고 진심인 것 같은 녀석이 한 명 있는 것 같다.

"저기, 키요고등학교에 진학할 생각인데 합격하면 꼭 사이좋게 지내주세요. 선배님들."

""""""기꺼이!!!!!""""""

목소리가 너무 크잖아. 왜 이 난리야.

전에 없을 정도로 훌륭한 연대감을 보여주고 있다.

여자가 한 명 있을 뿐인데 태도가 이렇게 달라지다니. 참 놀랍다.

몰려든 사내들을 해산시켜 각자 하던 일로 돌려보냈다.

"어머어머어머, 거기 있는 귀여운 아이는 닛키의 여동생이잖아?"

마유즈미가 카구야의 존재를 눈치챘다.

"아! 우리 오다이바에서 만났었죠? 지난번에 보내주신 원피스는 잘 받았습니다! 감사합니다!"

카구야의 이런 점은 기특하다.

아무리 시간이 많이 흘렀어도 당사자를 만나면 제대로 감사의 뜻을 전한다.

"와아, 기억하고 있었구나. 기뻐!"

카구야와 마유즈미는 의기투합한 것처럼 손을 맞잡고 꺅꺅거렸다.

이상하다.

그 자리에는 아키라도 있었는데 이 태도의 차이는 대체 뭘까.

대응이 노골적으로 다르다.

"그 원피스, 너무 마음에 들어서 여름 내내 입었어요."

"카구야라면 분명히 잘 어울릴 거라고 생각했어. 다음에 사진이라도 보여줘."

"물론이죠! 언니가 입은 메이드복도 정말 멋져요."

"고마워!"

둘 다 이상하리만치 텐션이 높다.

마치 오랜 친구처럼 친해 보여서 놀랐다.

"카구야. 슬슬 자리에 앉아. 오늘은 내가 사는 거니까 먹고 싶은 걸 주문해도 돼."

"이런 유 군이 너~무 좋아! 사양하지 않고 왕창 주문할게."

"리리카가 안내할게. 이쪽으로 오세요."

카구야가 떠나자 준비실에 있던 사내 녀석들이 슬금슬금 다가왔다.

"니시키. 나중에 동생 연락처 좀 가르쳐줘."

"거절하겠어!"

"이 시스터 콤플렉스!"

"그게 어때서. 귀여운 여동생을 지키는 건 오빠로서 마땅히 해야 할 의무야."

나도 대응하기 귀찮아서 적당히 정색했다.

"우왓, 니시키. 시스터 콤플렉스인 건 알고 있구나? 으엑."

지나가던 아키라가 냉담한 눈초리로 노려봤다.

☼☼☼

애니멀 메이드 카페가 인기가 많은 건 기쁘지만 고민스러운 부분도 있다.

근무를 교대할 때마다 안정되어 있었던 접객 체제를 다시 알려줘야 한다는 점이다.

누구나 접객이나 서빙을 잘하는 것이 아니라서 사전에 연습해도 실전에서 연습한 대로 할 수 있다는 보장은 어디에도 없다.

그 구멍을 메우려고 리더인 마유즈미와 나와 아키라 등 몇 명이 교실에 남아 애쓴 덕분에 애니멀 메이드 카페를 지금까지 유지할 수 있었다.

이러니저러니 해도 막상 문화제가 시작되니 다들 축제에 적극 참여해 마음껏 즐겼다.

나도 문화제가 주는 특유의 분위기에 젖어 있었다.

하지만 슬슬 한계다.

마치 역 앞에 있는 프랜차이즈 카페의 정신없이 바쁜 피크타임 때와 같은 상황이 계속 이어지고 있었다.

런치타임이 지난들 그 뒤에는 티타임이 기다리고 있다.

문화제를 구경하며 돌아다니다가 지친 손님들은 앉아서 쉴 수 있는 장소를 원했다.

어차피 쉴 거면 귀여운 메이드를 보면서 쉬고 싶다는 솔직한 수요의 결과가 쉴 새 없이 이어지는 대기줄로 나타났다.

여자 단체 손님 또한 의외로 많이 방문했는데 각자의 개성을 뽐낸 애니멀 메이드를 즐기는 분위기였다.

“이게 대체 어떻게 된 거야? 오전 중에 왔을 때보다 훨씬 붐비잖아?”

2학년 C반 교실의 상황을 보러 오신 텐조 선생님은 문화제답지 않은 문전성시와 우리의 피폐한 모습에 놀라셨다.

“아, 레이 언니. 가기 전에 만나서 다행이다! 유 군과 다른 언니 오빠들이 엄청 힘들어해.”

계속 교실에 있었던 카구야가 걱정하는 것은 당연지사였다.

선생님은 핵심 인물들을 창고 쪽으로 모아 현재 상황을 파악했다.

“만성적인 인력 부족이 해결되지 않아요…….”

도저히 버틸 수 없었던 나는 불평을 늘어놓았다.

대충 각오는 하고 있었지만 아니나 다를까 쉬고 앉아 있을 때가 아니었다. 계속 서서 일했고 식사도 짬이 날 때 쿠키를 먹은 정도다.

이대로라면 문화제를 즐길 시간도 없을 것 같다.

“레이유 쌤. 어쩌면 좋죠? 너무 인기가 많아서 조금 있으면 재료가 바닥날 것 같아요.”

“우리도 좀 쉬게 해주세요.”

마유즈미와 아키라도 우는소리를 한다.

누가 봐도 위기다.

우리 2학년 C반의 문화제는 여기서 한발 먼저 끝나버릴지도 모른다.

"미안해. 좀 더 일찍 알아차려야 했는데."

"선생님도 수영부라든가 다른 일도 하셔야 하잖아요. 어쩔 수 없죠."

미안해하시는 선생님을 곧바로 두둔했다. 이 이상 우울 모드에 빠지면 곤란하다.

"유 군, 무리하지 않는 게 좋아. 리리카 언니랑 덤으로 아키라도 좀 쉬어."

이 짧은 시간에 각자에 대한 카구야의 거리감이 노골적으로 드러났다.

"연장자한테 반말하는 거 아니야. 그리고 관계자도 아니면서 준비실에 함부로 들어오면 안 돼."

아키라의 목소리에도 피곤한 기색이 묻어 있었다.

"유 군이 지친 것 같아서 걱정돼!"

카구야는 나를 지탱하듯 찰싹 달라붙어 팔짱을 꼈다.

"그런 걸 자연스럽게 받아주니까 시스터 콤플렉스라는 소릴 듣지!"

아키라가 입술을 삐죽였다.

"이제 보니 카구야랑 레이유 쌤은 면식이 있는 것 같네? 꽤 친한 것 같아서."

마유즈미의 지적을 듣고 나는 아차 싶었다.

텐조 선생님과 카구야와 그 부분에 대해서는 사전에 입을 맞추지 않았다.

"실은 예전에 여동생의 진로 문제로 니시키 군이 상담을 요청해서 만난 적이 있어. 그런 것보다 앞으로 어떻게 할지 정하도록 하자."

텐조 선생님은 그럴싸한 설명으로 이 화제를 마무리 짓고 앞으로 할 일을 제시한다.

"선생님은 무리하지 말고 솔직히 지금 폐점했으면 좋겠어. 이렇게 인기가 많은데 큰 트러블 없이 운영한 건 정말 잘한 일이야. 너희는 최선을 다했어."

아닌 게 아니라 운영이 엉망진창이었다면 문화제 실행 위원에게 영업정지 명령을 받아도 이상할 게 없다.

"내 생각은 그런데…… 마유즈미 양은 어떻게 생각해?"

교사 입장에서 생각한 결론을 말한 후에 문화제 리더의 의견을 묻는다.

"하지만 아직 남아 있는 줄이 길어요."

언제나 리더로서 웃는 얼굴로 아이들을 이끌어왔던 마유즈미가 처음으로 망설이는 모습을 보였다.

"그건 선생님이 어떻게든 할 테니까 걱정하지 마. 카페 책임자로서 충분히 노력했으니 남은 시간은 관람객으로 문화제를 즐겨도 돼."

"닛키 점장은 어떻게 생각해? 역시 더는 안 되는 걸까? 리리카는 할 수만 있다면 계속하고 싶어."

마유즈미는 나를 쳐다보았다.

분명 자신의 잘못으로 혼잡을 초래했을지도 모른다는 죄책감 때문에 독단적으로 결정할 수 없다고 판단했기 때문이리라.

"솔직히 이대로 무리하면서까지 계속할 의미는 없다고 봐. 무엇보다 손님이 줄어들지 않는 한 지금의 인력 부족은 해소되지 않으니까."

텐조 선생님의 어드바이스는 적절하다.

우리는 문화제의 가게 놀이로서는 충분하고 남을 정도로 손님을 모았다.

여기서 문을 닫는다고 해도 만 점짜리 추억이다.

다만, 그것은 어디까지나 객관적으로 봤을 때의 이야기였다.

우리는 장사를 하는 것이 아니다.

금전적인 이익이 목적이 아니라 고2의 추억을 만들려고 가게를 운영한 것이다.

"난 반대. 아직 할 수 있어."

다른 의견을 주장한 사람은 다름 아닌 아키라였다.

"아키아키……."

"어중간한 건 딱 질색이야. 시작한 이상 끝까지 하는 거야."

"아키라, 그렇게 고집부릴 필요 없어. 너도 접객이 특기가 아니라서 지칠 대로 지쳤잖아. 재료도 얼마 안 남았고, 지금의 고객 방문율(페이스)이라면 기껏해야 앞으로 한 시간밖에 못 버텨."

준비실을 담당자로서 재고 상황을 공유했다.

남으면 마지막에 다 같이 나눠 가지려고 넉넉히 주문했던 과자류도 벌써 바닥을 드러내고 있었다.

"잘됐네. 한 시간이라면 식은 죽 먹기야. 힘들면 니시키는 쉬면 되잖아."

"나 혼자 어떻게 쉬냐? 넌 말투가 문제야."

"너야말로 여전히 다정한 남자네."

아키라는 잔뜩 비꼬면서 말했다.

"문화제까지는 공범자가 되겠다고 정했어. 끝날 때까진 협력할게."

눈에는 눈, 이에는 이다. 나도 한껏 비꼬아 말한다. 막판에 배신할 수도 없다.

"카구야에게 대타를 부탁하면 안 될까?"

포기를 모르는 마유즈미가 깜짝 놀랄 제안을 꺼낸다.

"여동생한테 메이드를 시키란 말이야?"

나는 당황하며 되묻는다.

"응. 리리카랑 다른 아이들이 잠시 쉬는 동안에만 도와주면 되는데."

"윽, 그건 싫은데요."

카구야는 질색하며 거절했다.

이 상황에서 태연히 NO라고 말하는 태도가 내 여동생답다.

"이럴 땐 분위기를 파악해서 고개를 끄덕여야지. 우리가 연장자잖아."

아키라가 들으라는 듯 불평한다.

"체육계에서나 통하는 서열 놀이를 강요하지 마. 난 아직 이 학교 학생도 아니니까."

아키라와 카구야의 시선이 부딪쳤다.

역시 이 두 사람은 상극이다.

"맞는 말이야. 아무리 그래도 관계자도 아닌 카구야 양을 끌어들이는 건 좀 그래."

텐조 선생님도 입장상, 에둘러 반대한다.

"귀, 귀여운 메이드복을 입을 수 있어."

마유즈미가 매달려보지만 평소보다 기세가 약했다.

"메이드복 같은 걸 입지 않아도 귀여우니까 노 프라블럼이에요."

"그래, 맞아. 무리한 부탁을 해서 미안해."

마유즈미는 꽃이 지는 것처럼 고개를 떨궜다.

"어차피 카구야의 손을 빌려봐야 별 도움이 안 돼."

나는 분위기가 가라앉지 않도록 필요 이상으로 밝은 목소리를 쥐어짜 낸다.

"잠깐만, 유 군. 그 말은 그냥 넘어갈 수 없겠는데! 누가 도움이 안 된다는 거야?"

나의 가벼운 농담을 카구야가 물고 늘어졌다.

"그렇게까진 말하지 않았어. 다만 기대는 배신당하기 마련이니까."

"무시하지 마! 주문받고, 서빙하고, 정리하기만 하면 되잖아. 그 정도는 할 수 있어!"

"진짜?"

"유 군, 내가 도와주길 바란다면 솔직하게 부탁해 보시지? 그럼, 생각은 해볼게."

카구야는 이미 내 속셈을 훤히 꿰뚫고 있었다.

"저런 건방진 중학생한테 의지하지 않아도 우리만으로도 충분해. 리리카, 가자."

"뭐? 할 수 있거든? 완전 쉽거든!"

카구야는 이번에야말로 아키라를 무시하지 못하고 발끈했다.

아키라는 카구야를 똑바로 바라보며 말했다.

"눈에 거슬려. 그런 데서 남매끼리 노닥거릴 거면 얼른 가서 옷이나 갈아입어."

가장 아키라다운 방식으로 부추겼다.

"……뭐, 원피스를 선물받은 보답이라고 생각하고 이번에만 특별 서비스해주는 거야!"

카구야는 생색을 내며 받아들였다.

"단, 받아들이는 대신 한 가지 조건이 있어요!"

카구야는 한 발 앞으로 나온다.

"뭔데? 말해봐."

"레이 언니도 메이드 같이 하자."

그 한마디에 모두의 시선이 텐조 선생님께 집중됐다.

"뭐? 나? 못 해, 못 해!"

별안간 특별히 지명된 텐조 선생님은 거절하셨다.

"레이유 쌤, 시간 안 돼요?"

마유즈미는 눈물을 글썽이며 간청한다.

"안 되는 건 아니지만, 난 교사고……."

"교사가 문화제에 참가하면 안 된다는 규칙은 없잖아요? 선생님이 밴드를 꾸려 무대에서 공연하는 경우도 있고요. 그럼 문제없는 거죠? 그렇죠?"

아키라는 논리적으로 정면에서 파고들었다.

"아무리 그래도 역시 메이드복은 좀 그렇지."

"레이 언니는 미인이니까 괜찮아. 둘이서 유 군을 도와주자."

선생님은 세 여자의 기대에 찬 눈빛에 쩔쩔맸다.

"좋잖아요. 저는 선생님과 함께 청춘을 만끽하고 싶어요. 그러니 조금 더 하기로 하죠."

내 말은 설득이라기보다 그저 솔직한 마음이었다.

여기까지 왔으니 선생님도 공범자로 적극적으로 끌어들이는 수밖에…….

청춘은 합리성이나 효율성만으로는 짐작할 수 없다.

쓸데없을지도 모르지만 무의미한 것은 아니다.

축제의 열기에 편승해서 억지를 부려본다.

—하고 싶으니까 한다.

그 막무가내야말로 10대의 특권이지 않은가.

경험의 진정한 가치를 깨닫는 것은 지금이 아니라 추억이 된 훨씬 먼 미래일 것이다.

괜찮다. 훗날 분명히 웃으면서 얘기할 수 있을 것이다.

"마지막 한 시간만이야. 지금 줄을 서 있는 손님들만 받을 것. 지금부터 줄을 서는 손님들께는 처음부터 정중히 거절할 것. 재고가 떨어진 시점에서 폐점할 거야. 알겠지?"

선생님은 반쯤 이판사판이라는 심정으로 받아들이셨다.

나는 그 자리에서 뒤를 돌아 타잔처럼 교실 안에 울려 퍼지도록 외친다.

"앞으로 한 시간 후에 폐점할 거야! 텐조 선생님께서 메이드가 되셔서 도와주신대!"

직후, 오오~ 하는 우렁찬 환호성이 되돌아왔다.

교실에 다시 활력이 돌았다.

"잠깐만, 니시키 군! 지금 소리칠 필요 있었어? 절대 없었잖아!"

"애들도 알면 사기가 오르지 않겠어요?"

텐조 선생님은 이치에 맞는 나의 주장을 마지못해 받아들이셨다.

"넌 여전히 머리 회전이 빠르네."

"그냥 장난 좀 쳐 봤어요. 오늘은 문화제 날이니까요."

"즐거워 보여."

"당연하죠. 선생님도 마음껏 즐기세요."

자, 우리의 문화제가 막을 내릴 때까지 얼마 남지 않았다.

☼☼☼

메이드복으로 갈아입은 카구야가 등장한 순간, 그때까지 다른 메이드에게 정신이 팔려있던 손님들의 시선이 일제히 쏠렸다.

객관적으로 봐도 니시키 카구야라는 여자아이는 새삼스럽지만 참 귀엽다.

카구야가 착용한 강아지 귀 머리띠와 메이드복은 상당히 잘 어울렸으며 본인이 선언한 대로 제 몫을 다 해주었다.

특히 아키라와 우열을 겨루듯 손님을 맞이했다.

접객용으로 설정한 본인 성격 그 자체인 천진난만한 여동생 메이드 캐릭터는 반응이 상당히 좋았다.

강아지처럼 홀을 돌아다니는 모습을 보며 다들 흐뭇하게 눈웃음을 짓는다.

"유 군, 2번 테이블에 커피 두 잔. 어때? 나, 잘하고 있지?"

"그런 것 같네. 좀 전의 실언은 정중히 정정할게. 미안해!"

"알았으면 됐어."

카구야는 초반의 투덜대던 말투와는 정반대로 웃음꽃이 만개한 홀의 스타가 되었다.

"니시키 군, 여동생이 보통이 아니네. 모든 남자의 관심이 집중되니까 미팅 같은 모임에 절대 부르고 싶지 않은 타입이야."

같은 반 여학우들에게 알 수 없는 칭찬과 경계심이 가득한 말을 들었다.

"있잖아, 역시 스무 살이 넘은 성인에게 이렇게 짧은 스커트는 부담스러워."

"괜찮아요. 레이유 쌤한테 엄청 잘 어울려요! 우리와 같은 학년이라고 해도 믿을 레벨이라니까요!"

마유즈미는 흥분하며 절찬했다.

나도 똑같은 마음이다.

미니스커트 메이드복을 입은 텐조 레이유 선생님이 등장하셨다.

긴 토끼 귀를 머리에 착용한 모습은 매우 귀엽다. 파괴력이 너무 강해서 나도 모르게 이성(理性)이 휘청거렸다.

"저, 적어도 단체복을 입게 해줘. 그 정도는 괜찮잖아!"

선생님은 수치심을 견디며 필사적으로 호소했다.

"접객을 담당하시는 이상, 유서 깊은 애니멀 메이드의 모습이 아니면 안 돼요! 이것이 저희 가게의 교복이랍니다."

"유서라니. 오늘 하루뿐이잖아!"

선생님이 부끄러워하실 때마다 길쭉한 귀가 흔들려서 감정의 움직임이 눈에 보이는 듯하다.

마유즈미, 굿 잡. 나이스한 초이스야.

"아니면 토끼 귀와 세트로 준비한 버니걸 의상도 있는데 어떠세요?"

"문화제 의상에 버니걸이 왜 있는 거야?!"

"리리카가 재미로 준비해 봤어요! 누군가가 입어주지 않을까 해서요. 선생님, 어때요?"

"당연히 안 되지!"

완전히 부활한 마유즈미는 리더로서의 강권을 발동했다.

눈 앞에 펼쳐진 것은 도원경인가.

올스타 메이드가 모두 모였다고 할 수 있는 호화로운 광경이다.

텐조 레이유, 쿠호인 아키라, 마유즈미 리리카, 니시키 카구야. 역시나 이 네 사람이 특별히 눈에 띈다.

토끼 귀의 클래식 스타일, 호랑이 귀의 쿨한 스타일, 고양이 귀의 친구 스타일, 강아지 귀의 여동생 스타일이라는 4인 4색의 비주얼, 접객 태도는 화려한 동시에 훌륭하다.

그녀들이 오가는 것만으로도 홀이 더욱 빛나서 마치 다른 장소로 보였다.

현재, 입장 제한을 걸었기 때문에 입퇴실 시간 이외에는 교실 문이 열리지 않게 해두었다.

이 광경은 운 좋게도 지금 이곳에 있는 사람들만 바라볼 수 있다.

그 영향은 손님뿐만 아니라 우리 스태프들에게도 미쳤다.

재밌게도 선생님과 카구야라는 스페셜 게스트가 합류하자 다른 학생들에게도 활기가 돌아왔다.

음식을 담당하는 남학생들도 가능한 한 홀의 상황을 보고 싶은 모양인지 준비 속도가 빨라졌다.

처음부터 그런 마음가짐으로 하지 그랬냐.

이리하여 2학년 C반은 라스트 스퍼트를 달렸다.

"복도에만 대기줄이 남았고, 계단 아래로는 이제 없어요!"

대기줄을 담당했던 반 친구가 돌아와 보고해 주었다. 드디어 끝이 보이기 시작했다.

메이드로 분한 텐조 선생님은 수업하실 때와 마찬가지로 미소를 유지하며 어른의 우아한 동작과 정중한 언어사용으로 클래식한 스타일의 접객을 선보이셨다.

그 차분함과 여유는 10대 청소년에게서는 좀처럼 나오지 않는다.

그렇게 투덜거리셨으면서 막상 홀에 나가서는 철저히 일에 집중하는 모습이 멋지다.

"니시키 군, 1번 테이블에 커피와 쿠키를 준비해 줘."

텐조 선생님은 카운터로 오셔서 주문을 전달한다.

"알겠습니다."

"자꾸 힐끔힐끔 쳐다보지 마."

"사진 촬영을 금지한 게 이제 와서 후회되네요."

"당연하지. 개인정보 유출은 NG야."

"대신 머릿속에 새겨둘게요."

이러한 별것 아닌 잡담이 바쁘게 돌아가는 상황 속에서 소소한 휴식이 되었다.

"……왜 찬성으로 의견을 바꾼 거야?"

"선생님이 메이드복을 모습을 보고 싶어서요."

"그게 다야?"

"아까 말씀드린 그대로예요. 저는 선생님과 청춘을 즐기고 싶어서 각오하고 끌어들인 거예요."

"나도 값진 경험을 할 수 있었어. 보는 것과 직접 하는 건 전혀 다르네."

"매년 하셔도 돼요."

"올해만으로 충분해."

"코스튬 플레이가 그렇게 싫으세요?"

"많은 사람 앞에서는 좀 그렇지."

"그럼, 연인 앞에서는요?"

"검토해 볼게."

"선생님의 연인은 세상에서 가장 행복한 사람이네요."

"글쎄. 많은 걸 참아야 하는 상황이거든. 미워하지 않았으면 좋겠는데."

나는 주문받은 것을 쟁반에 담아 내밀었다.

"선생님, 1번이에요."

"알아."

"1번이니까 틀리시면 안 돼요."

단지 테이블 번호를 반복할 뿐이다.

하지만 내가 이 숫자에 담은 의미를 내 눈앞에 있는 여성은 정확히 헤아려주었다.

"……고마워."

홀로 돌아가는 선생님의 뒷모습을 바라본다.

"마지막 손님까지 다 들어왔어!"

"과자류는 다 떨어졌고 음료만 남았어."

홀과 준비실에서 각각 알려주었다.

교실 안에 있던 손님들이 차례차례 퇴실하여 다섯 손가락에 꼽을 정도만 남았다.

우리의 문화제가 이윽고 막을 내렸다.

☼☼☼

"찾아주셔서 감사했습니다!"

마지막 손님이 교실을 나섰기에 오늘 영업은 이것으로 종료다.

우리 2학년 C반 애니멀 메이드 카페는 성황리에 영업을 마쳤다.

"다들 수고 많았어! 눈코 뜰 새 없이 바빴지만, 마지막까지 최선을 다해줘서 정말 고마워!"

마유즈미가 앞으로 나와서 큰소리로 고마움을 전했다.

"자, 문화제는 아직 끝나지 않았으니까 대충 정리하고 일단 해산하자. 남은 시간을 즐기는 거야! 문화제가 끝나면 대청소를 할 테니 다시 모여줘."

리더로서 남은 일을 지시한다.

"그리고 도와주신 텐조 선생님과 닛키 여동생에게 모두 박수! 정말 감사했습니다!"

텐조 선생님과 카구야도 마지막까지 수고해 주었다.

"두 분 먼저 갈아입으세요."

"리리카 언니, 모처럼이니까 기념사진을 찍고 싶어요."

카구야의 한 마디에 여학생들도 찬성의 뜻을 밝혔다.

다른 용무로 나가 있었던 급우들도 때마침 돌아와서 학급 인원 모두가 집합했다.

다 같이 교실 앞에 모였고 나는 가장자리로 발걸음했다.

"니시키, 왜 끄트머리로 가?"

"닛키가 오늘의 MVP니까 중앙에 서는 게 당연하지!"

"난 유 군 옆에! 레이 언니도 이쪽으로 와!"

"어? 난 끝에 서도 돼. 2학년 C반이 주인공이니까."

사양하는 선생님께 내가 한마디 했다.

"뭐 어때요. 텐조 선생님도 메이드가 되셨으니 똑같아요."

"옳소! 옳소!"

급우들의 성화에 마지못해 선생님도 중앙에 자리를 잡았다.

멋진 사진을 찍었다.

모두 즐거운 모양인지 환한 미소가 가득하다.

이것으로 2학년 C반의 애니멀 메이드 카페는 막을 내렸다.

공로자로 인정받은 나와 아키라는 한발 앞서 돌아가게 되었다.

복도로 나와 신선한 공기를 마셨다.

교실에서 계속 서서 일했기 때문에 기진맥진한 상태다.

나도 모르게 복도 끝에 주저앉아버린다.

남은 커피를 받아 들고 일단 한숨을 돌렸다.

이제야 겨우 앞치마를 벗을 수 있겠군.

“니시키, 수고했어.”

“아키라도 수고 많았어.”

아키라는 나를 발견하더니 옆에 앉는다. 아직 메이드복을 입고 있었지만, 머리띠는 뺀 상태다.

“일방적이었던 내 요구를 다 받아줘서 고마웠어.”

“남친 역할? 아니면 라스트 한 시간?”

둘만 들을 수 있도록 어깨를 붙이고 대화했다.

“둘 다. 이제 끝난다고 생각하니까 정신없이 바빴던 게 조금 애틋하게 느껴져.”

“난 너무 피곤해서 아직 감상에 젖을 수가 없어.”

해방감과 피로감, 안도감과 공복감 등의 감각이 온몸에 뒤섞여 왠지 진정되지 않았다.

"무신경하긴. 점장이잖아."

"이름뿐인데 뭘."

"하지만 끝까지 해냈네."

"우린 한배를 탔잖아."

문득 창밖을 보니 해가 기울어 어스름한 어둠이 하늘을 물들이고 있었다.

문화제 종료 시각까지 얼마 남지 않았다.

"……니시키의 대답은 듣지 않아도 알고 있어."

아키라가 갑자기 그 일을 꺼냈다.

"미안."

"꽤 자신 있었는데."

"아키라의 잘못이 아니야."

"비교적 직접적으로 유혹했는데 흔들리지 않았어?"

"보통 열에 아홉은 OK 하지."

"하필이면 니시키가 그 한 명이라니. 아~ 최악이야. 나, 엄청 부끄러웠는데."

"아키라의 단기 승부는 상당히 강력했어."

"심플하게 성욕을 자극하면 이길 줄 알았는데."

"호랑이한테 물리면 승산이 없지."

"그렇게까지 짐승이 될 생각은 없어."

"그래. 너 자신을 소중히 하길 바라니까 무턱대고 그런 행동은 하지 마."

"……진심이었어. 나름대로."

"알아. 그 마음만큼은 진짜 기뻤어."

"나답지 않은 행동을 했지만, 최근 몇 주 동안은 생각했던 것보다 의외로 즐거웠어. 그래서 계속하고 싶었던 거야."

"나도 동급생과 사귀면 어떻게 되는지 잘 알게 됐어. 그런 경험을 해본 적이 없었으니까."

"서로 처음이라 딱 좋았는데."

"쿠호인 아키라는 좋은 여자야. 그저 타이밍의 문제였지. 심플하게 그게 전부야."

"다른 때였다면 잘됐을 가능성도 있어?"

아키라는 환한 표정을 지었다.

"난 말이야, 역시 연애와 달리기는 다른 거라고 생각해. 시작, 하는 구령에 맞춰 동시에 출발하는 게 아니야. 출발하는 시기가 각자 다르고, 그 상황에서 누구보다 가장 빨라서 이기는 것도 아니야. 애초에 목표 지점이 사람마다 다르잖아."

육체적으로 맺어지는 것이 목표인 사랑, 이뤄지지 않아도 행복한 실연, 서로 좋아하지만 고백하지 못하고 끝나버리는 사랑, 오랫동안 좋아해도 받아들여지지 않는 사랑, 만나자마자 빠져들어 이루어지는 사랑…… 사랑의 형태는 사람의 수만큼이나 많다. 단지 그것뿐이다.

"맞아. 연애가 훨씬 복잡해."

"그렇지 않았다면 아키라가 질 리가 없지."

"네가 할 말은 아닐 텐데?"

아키라는 내 어깨를 쿡 찔렀다.

"마지막으로 확인해 봐도 돼? 솔직히 대답해. 거짓말하지 말고."

"알겠어."

아키라는 내일 날씨를 전달하듯 질문했다.

"니시키가 좋아하는 사람은 텐조 선생님이지?"

"응."

"……그렇구나. 그럼 어쩔 수 없지. 역시 대진운이 너무 안 좋아."

아키라는 후련하다는 표정을 지었다.

"어떻게 알았어?"

"아까 선생님과 대화할 때 네 표정을 보고 느낌이 왔어."

"그렇게 달랐어?"

"달라. 나한테는 그런 표정을 끝까지 보여주지 않았으니까."

"나도 참 거짓말이 서툴구나."

"계속 지켜봤으니까. 니시키는 맨 앞자리에 앉아 있으니까 항상 등만 봤었는데, 늘 그런 눈빛으로 텐조 선생님을 바라봤었구나 싶더라고. 그래서 니시키가 보였던 반응들이 여러모로 이해됐어."

아아, 사랑에 빠진 여자가 거짓말을 한다면 남자는 정반대다.

진심으로 좋아하는 사람 앞에서는 거짓말을 할 수 없게 된다.

"니시키, 성가신 일을 억지로 시켜서 미안해."

"내가 하겠다고 한 거잖아."

"애들한테는 네가 시스터 콤플렉스라서 헤어졌다고 말할게."

"적어도 카구야가 돌아간 뒤에 말해줘."

"끝까지 싫은 티는 내지 않는구나."

"문화제잖아. 즐거운 기분으로 마무리하자."

"응…… 알아."

나는 앞치마를 벗어 아키라의 얼굴이 가려지도록 위에서 살며시 덮어주었다.

아키라는 무릎을 끌어안고 등을 웅크려 울음이 터져 나올 것 같은 목소리를 필사적으로 억눌렀다.

"아키아키, 닛키!"

마유즈미가 멀리서 우리를 보고 있었다.

"잠깐 쉬고 올게. 마유즈미, 아키라를 부탁해."

나는 떠들썩한 축제 현장에 섞여 들어가듯 그 자리를 떠났다.

에필로그 너의 선생님이라도

이곳까지는 문화제의 시끌벅적함이 닿지 않아 고요함이 몸에 스며든다.

나는 수영장 기둥 뒤에 방치된 낡은 벤치에서 홀로 생각에 잠겨 있었다.

건물의 사각지대라 오가는 사람이 거의 없어서 발밑에는 잡초가 제멋대로 자라 있다.

레이유: 수고 많았어. 카구야 양은 먼저 돌아간대.
나도 너와 할 이야기가 있는데 지금 어디야?

내가 답장을 보내자 잠시 후 텐조 선생님이 나타나셨다.

"유나기 군, 이런 곳에 계속 있으면 감기 걸려."

선생님은 학교임에도 불구하고 나를 성이 아닌 이름으로 부르셨다.

"메이드복을 입은 채로 오셨네요."

"조금이라도 널 빨리 만나고 싶었거든."

"오늘은 솔직하시네요."

"네 앞에서는 가능한 한 솔직하게 있으려고 노력하는데."

"왜 오신 거예요? 할 얘기가 있으면 아파트로 돌아가서 해도 되는데."

"쿠호인 양이 널 위로해 주라고 부탁했거든."

자기도 힘들면서 괜히 나까지 신경 쓰다니.

"누가 오면 어쩌려고요?"

"이런 시간에 이런 장소에는 아무도 안 와. 너도 그래서 온 거잖아? 비밀 얘기를 하기에는 딱 좋지."

텐조 씨는 내 옆에 앉았다.

"텐조 씨와는 남들 앞에서 말할 수 없는 것들이 너무 많아요."

나도 평소 아파트에서 대하는 것처럼 말을 건넸다.

"어른은 말하고 싶어도 말할 수 없는 게 아주 많아."

"그래서 술에 취한 척 응석을 부리신 거예요?"

"어머, 들켰어?!"

"대충 그렇지 않을까 짐작했어요."

"얼굴에서 불이 날 것처럼 부끄러워."

그녀는 두 손으로 볼을 감췄다.

"……우리는 그런 구실이나 사고나 우연을 가장하지 않으면 닿고 싶어도 닿을 수가 없잖아요."

둘러 말하기, 은근슬쩍 티 내기, 중요한 것의 윤곽만 훑는 듯한 애매한 커뮤니케이션.

그건 그것대로 비밀스러운 분위기가 있어서 두근거리지만 지금은 가능한 한 솔직해지고 싶다.

"너무 솔직한데?"

"결국, 연애라는 건 크든 작든 거짓말을 하게 돼 있어요. 잘 보이고 싶어서 참거나, 자기에게 불리한 건 말하지 않거나. 좋은 것과 좋지 않은 것을 모두 포함해서 서로에게 일말의 거짓이 없는 연애는 분명 이 세상에 없다고 생각해요."

"응."

"하지만 거짓말이라는 건 굉장히 피곤해요."

나는 거짓 없이 지금의 심정을 토로한다.

위장 남친 같은 것은 앞으로 절대 하지 않을 것이다.

나에게는 그만큼 스트레스였다.

내 상황 때문에 거짓말을 정당화할 수 있을 정도로 낯이 두껍지 않다.

"동감이야."

"들키지 않게 발언에 신경 써야 하고, 순간적인 반응도 참아야 하잖아요. 그럼에도 숨겨지지 않는 미묘한 태도나 분위기 때문에…… 결국, 아키라에게 들켰어요."

그것이 거짓말을 해온 내가 치를 대가겠지.

"그런 것 같네."

"죄송해요."

"좋아하면 지켜보게 되니까 알게 되거든. 그 마음은 누구보다 뼈저리게 잘 알아."

"하지만 조금 전에 위장 남친 건을 잘 마무리 짓고 왔어요."

모든 무거운 짐을 겨우 내려놓았다는 해방감에 나도 모르게 텐조 씨의 어깨에 머리를 맡기고 말았다.

“수고 많았어. 고마워.”

텐조 씨는 내 머리를 쓰다듬어 주셨다.

“제가 아키라에게 마음을 줄까 봐 걱정하셨어요?”

“응, 매일 걱정했지. 나에게 최면을 걸듯 괜찮다고 주문을 외면서 나를 계속 속였어.”

“그렇게 의심 많은 사람이 영원한 사랑을 어떻게 믿어요?”

나는 결국 평소 불만이었던 점을 털어놓는다.

오늘은 너무 피곤해서 도무지 브레이크가 걸리지 않았다.

“걱정되니까 이런 옷차림으로 달려온 거잖아! 게다가 네가 소중하니까 내 감정보다 너의 장래를 우선해야 한다는 생각에 망설일 때도 있어.”

속내를 밝힌 그녀의 얼굴에는 슬픈 빛이 감돈다.

차가운 가을 공기를 흡수해 머리와 마음을 깨끗이 했다.

해가 완전히 저물기 전에 오늘까지의 일을 총정리하자.

나는 티끌만큼도 거짓 없는 나의 마음을 고백했다.

“제 미래가 어떠하든지 당신과 함께 있을 거예요. 그 정도 각오는 하고 일상을 함께 하고 있어요. 사람들이 뭐라고 하든 말든, 상식이 아니라고 하든 말든 상관없어요. 교사이자 이웃 주민인 텐조 레이유에게 반한 시점에서 비교하는 건 의미가 없어요. 1번은 단 한 명, 당신뿐이에요. 저는 그저 당신과 행복하게 살고 싶어요. 그래서 교사로서의 당신을 슬프게 하지 않기 위해서라면 저는 죽을힘을 다해 법률을 지킬 거고 양식을 따를 거예요. 같이 자고 싶지만 참을 거고요."

나는 필사적으로 호소했다.

"넌 참 좋은 남자야. 심각하게 멋져."

"이게 사랑을 증명하는 저만의 방법이에요."

"……나여도, 괜찮아?"

"텐조 씨보다 매력적인 사람은 달리 없어요."

"난, 연상인데?"

"좋아하게 된 사람이 우연찮게 먼저 태어났을 뿐이에요."

"먼저 할머니가 될 거야."

"제가 어른이 되면 별로 차이 안 나요."

언젠가 부부가 되면 같이 늙어가는 처지일 텐데 아직도 그런 걸 신경 쓰고 있다니.

텐조 선생님의 그런 모습도 귀엽게 느껴졌다.

"여성에게 나이는 예민한 문제야."

"그럼, 그런 건 신경 쓸 틈이 없을 정도로 있는 힘껏 사랑할 테니까 기대해 주세요."

나는 앞으로의 일을 생각하며 부적절한 미소가 자연스럽게 지어졌다.

"사, 살살 부탁합니다."

텐조 씨는 무릎 위에 손을 모으고 예의 바르게 머리를 숙였다.

"유나기 군, 나는 교사로서 네 인생의 한 토막만 관여하는 어른이잖아. 기간이 한정된 나 같은 사람이 영원한 사랑을 바라는 건 모순— 그런 망설임이 내 진심을 억누르고 있었다는 걸 이번에 실감했어."

그녀는 자신의 지금까지의 행동을 그렇게 회상했다.

"저기, 이번 일로 알게 된 사실이 있는데 공유해도 돼요?"

"들어볼게."

"연애라는 건 성실하기만 해도 뭔가 부족하고, 그저 즐겁기만 해도 오래가지 못하는 것 같아요. 특히 영원한 사랑을 추구한다면 말할 것도 없고요."

"응."

텐조 씨는 연하남의 이야기라도 진지하게 들어주신다.

우리는 평상시에 여러모로 입장이나 나이를 의식하고 말지만 둘만의 시간을 보낼 때는 대등했다.

"이성을 바탕으로 한 성실함이 쌓이면 그것은 신뢰로 이어진다고 생각해요. 다만 성실함을 고집하다 보면 괴롭고 불안해서 쓸데없는 걱정을 하다가 멘탈이 무너질지도 몰라요."

"으윽, 찔리는 데가 너무 많아."

그녀는 괴로운 표정을 지었다.

하지만 이제 흑화된 레이유는 사라지고 없었다.

"반대로 본능대로 너무 솔직해도 트러블의 원인이 되기 쉬워요. 소중한 사람에게 상처를 주거나 신뢰가 무너지죠."

"알아! 이성과 본능 사이에서 균형을 잡는 건 정말 어려워.

항상 흔들흔들해."

나의 절실한 고민을 텐조 씨도 공감해 주셨다.

설령 지금 당장 해결하지 못해도 누군가가 알아주는 것만으로도 마음이 가벼워진다.

"하지만 그렇게 흔들려도 괜찮아요."

나는 힘을 빼고 대답한다.

"왜 그래? 갑자기 깨달음이라도 얻은 것처럼?"

"연애할 때 가슴을 두근거리게 만드는 정체가 그 흔들림이니까요."

"그럼 안정돼도 지겨워하지 않을 거야?"

"안 그래요. 관계가 오래가는 비결은 남에게 말할 수 없는 비밀이 있다고 해도 그 상황을 적당히 뻔뻔하게 즐길 수 있는 여유를 가지는 거라고 생각해요. 이런 식으로."

나는 옆에 앉아 있는 좋아하는 여성의 손을 잡았다.

아무도 오지 않을 것이다. 조금은 대담해져도 된다.

텐조 씨는 깜짝 놀랐지만 이내 손깍지를 꼈다.

"게다가 제가 생각하는 영원한 사랑은 애정을 끝없이 부어 상대가 풍덩 빠지게 만드는 거예요."

"뭐?"

"저는 계속 사랑할 거예요. 지겹다거나 자극이 부족하다는 말은 절대 나오지 않게 할 거예요. 저의 애정의 바다는 마르지 않거든요."

내가 생각해도 거창한 비유를 사용하고 말았다.

형태가 없는 애정을 나타내려면 이 정도는 예로 드는 수밖에 없다.

나는 망망대해처럼 넓고 깊은 사랑을 죽을 때까지 키워 나갈 것이다.

바다 앞에서는 나이나 사회적 입장 같은 것은 사소한 제약이다.

"그렇다면 한 가지 바꿔줬으면 하는 게 있어."

"뭔데요?"

텐조 씨는 말할까 말까 주저했다.

"지금은 솔직해지기로 한 거 아니었어요?"

내가 재촉하자 그녀는 아랫입술을 깨물더니 말을 꺼냈다.

"옆집에 산다는 걸 알게 된 지 이래저래 반년이 훌쩍 지났어. 나는 이름으로 부르는데 유나기 군은 계속 성으로 부르잖아."

"연장자에 대한 예의를 갖추려는 뜻이었는데, 이상한가요?"

"이상하지 않아! 하나도 이상할 것 없어! 하지만 그러니까……."

텐조 씨는 머뭇거렸다.

"말씀해 주세요. 텐조 씨의 소원을 들어드리고 싶어요."

나는 알고 싶었다.

"……이제 슬슬 이름으로 불러도 되지 않을까, 싶은데?"

텐조 씨, 웅얼거리시니까 끝부분이 흐지부지되고 말았잖아요.

"……."

“그러니까 다시 말해 텐조 씨가 아니라 이름을 불러달라는 거죠?”

나는 신중히 확인했다.

“어, 억지로 부를 필요는 없어! 우리는 이웃 주민이고 평등한 사이니까. 하지만 그게 전부가 아니잖아. 계속 성으로 부르는 건 왠지 좀 섭섭한 기분이 들어서. 가능하면 좀 더 친근하게 불러주면 좋겠거든……. 그래, 신뢰와 친애의 증거로 말이야!”

그녀는 횡설수설하면서도 소원을 말했다.

나도 다시금 크게 숨을 들이켰다.

그리고 그녀의 두 어깨에 손을 얹었다.

눈과 눈이 마주친다.

우리의 긴장감은 절정에 달해 있었다.

“텐조 씨.”

“아, 네.”

“……레이유, 씨.”

“네?!”

“레이유 씨!”

“네!”

“레이유 씨, 좋아합니다!”

“나도 좋아해!”

선생님은 드디어 나에게 좋아하는 마음을 분명히 말로 표현해 주셨다.

"드디어 그 말을 듣다니. 좋아서 죽을 것 같아요."

목소리를 쥐어짜낸 나는 쓰러져 울 것만 같다.

조잡한 육체관계로 얼버무리는 것보다 진심을 담은 「좋아해」라는 단어에 큰 위로를 받았다.

나는 전에 없던 안도감으로 가득 채워졌다.

선생님과의 관계에 자신감이 생겨 오늘보다 내일 이 사람을 더 좋아할 수 있을 것이다.

"유나기 군, 아직 시간 남았으니까 문화제 데이트하자."

그녀는 일어나서 내 손을 잡아당겼다.

"데이트라뇨, 교사와 학생이 단둘이 나란히 걷는 건 위험하지 않나요?"

"네가 입고 있는 단체복을 빌려줘. 지금 메이드복을 입고 있잖아. 단체복으로 얼굴을 가리면 곧바로 들키지는 않아. 마스크도 있으니까 변장하면 금방 눈치채지 못할 거야."

"괜찮을까요?"

꿈같은 일이 이루어져도 되는 걸까.

늘 원하던 일도 막상 눈앞에 와버리면 머뭇거리게 된다.

"나도 너와 추억을 만들고 싶으니까."

"가요."

청춘을 방관하는 자는 끝이다. 나는 좋아하는 사람과 함께 현재진행형으로 나만의 청춘을 만끽한다.

"자, 상의를 벗길 테니까 만세 해."

"네? 제가 벗을 수 있어요."

"하란 대로 해!"

나는 선생님이 시키는 대로 두 손을 위로 들었다.

선생님은 단체복의 소매를 잡더니 위로 끌어올렸다.

옷이 얼굴을 통과하는 순간에 눈을 감고 있었다.

그 찰나, 입술에 부드럽고 따스한 감촉이 느껴졌다.

눈을 뜨자 나의 최애는 망설임을 털어버린 듯한 표정을 짓고 있었다.

"방금 이건……."

"특별하니까."

"이웃 협정에 저촉되지 않나요?"

아직 현실감이 없어서 분위기 깨는 말만 골라서 했다.

"무, 문화제 분위기라는 게 있잖아? 그 이상은 묻지 마!"

"그럼 어쩔 수 없네요."

아아, 문화제 매직이 확실히 있긴 있구나.

"응. 지금까지 널 불안하게 만들어서 미안하다는 사과의 뜻이야. 게다가 나도 인내의 한계였어."

"좋아하는 감정을 참는 건 좋지 않은 것 같아요."

"그래서 분명히 해둘래! 난—."

그녀는 태양처럼 눈부신 미소를 짓고 있었다.

나는 이 순간을 죽을 때까지 잊지 않을 것이다.

"너의 선생님이자 연인이니까!!"

우리의 청춘은 절대 빛바래지 않을 것이다.
선생님과의 영원한 사랑에 졸업은 없었다.

작가 후기

처음 뵙겠습니다, 혹은 오랜만입니다. 하바 라쿠토입니다.

『너의 선생님이라도 히로인이 될 수 있을까?』 3권을 애독해 주셔서 감사합니다.

옆집에 사는 선생님과의 청춘 러브 코미디에 드디어 반 친구인 아키라가 개입하기 시작했습니다!

1권을 발매했을 때부터 아키라의 활약을 기대하는 의견이 상당히 많았기에 쿨미녀가 비밀스럽게 감춰두었던 연심을 3권에서 그리게 되었습니다.

사랑에 빠지게 되면 누구랄 것 없이 말 못 할 심정을 부여안은 채 자신의 마음을 전할 기회를 탐색하면서 자신이나 타인에게 크든 작든 거짓말을 하며, 그럼에도 자신을 있는 그대로 받아주기를 원합니다.

위장 남친이라는 구실을 붙여 단번에 적극적으로 다가오는 쿠호인 아키라.

한편, 텐조 레이유는 배려심이 많고 바람직한 어른의 사고와 상식을 가진 탓에 원하는 대로 행동하지 못하고 마음 약한 생각을 합니다. 이 부분에 대한 판단은 2권의 클라이맥스와 같습니다.

연애는 기본적으로 의사표시를 할 수 있는 사람이 쉽게 승리합니다.

그러한 관점에서 보면 레이유는 상당히 수동적인 성격이라 연애에 불리합니다.

메타적으로 보아도 학원 러브 코미디에서 선생님 캐릭터는 아무래도 조연으로 밀리기 쉽습니다. 왜냐하면 동급생 커플을 만드는 것에 비해 표현의 자유가 제한되는 부분이 많기에 다양한 매력으로 주인공의 마음을 사로잡기가 어려운 위치에 있기 때문입니다.

언제나 동경하지만 연인이 될 수 없는 미녀 교사.

그러한 선생님이 히로인이 되어 행복해지는 이야기를 쓰고 싶어서 이번 시리즈를 시작하게 되었습니다.

극 중에서 영원한 사랑이라는 높은 기준을 굳이 설정한 것도 주변 사람들에게 비밀로 한 채 사귄다는 흔한 전개라면 누구나 쓸 수 있을 것 같다는 제 나름 작가적 반골 정신 때문입니다.

그리고 우리의 주인공, 니시키 유나기는 사춘기 남학생으로서 연상을 향한 마음이 흔들리면서도 일관된 태도를 관철함으로써 자신의 사랑을 증명했다고 생각합니다. 지조 있는 멋진 남자를 그려낼 수 있었습니다.

본 작품의 출판에 힘을 모아주신 관계자 여러분, 가족과 친구들에게 감사 말씀을 드립니다.

최신 정보는 하바의 X(전 트위터 @habarakuto)에 수시로 업로드 중이니 꼭 팔로우해 주시면 감사하겠습니다.

지금까지 하바 라쿠토였습니다. 다시 만납시다.

BGM: Indigo la End『칸나』

너의 선생님이라도 히로인이 될 수 있을까? 3

초판 1쇄 발행	2025년 12월 20일
지은이	하바 라쿠토
일러스트	시오 코우지
옮긴이	조아라
책임편집	김기준
디자인	윤가영, 이지희
책임마케팅	최혜령, 박지수, 도우리, 양지환, 박지빈
마케팅	콘텐츠 IP 사업본부
해외사업	한승빈, 박고은
경영지원	백선희, 권영환, 이기경, 최민선
제작	재영P&B
펴낸이	서현동
펴낸곳	㈜오팬하우스
출판등록	2024년 5월 16일 제2024-000141호
주소	서울특별시 강남구 테헤란로 419, 11층 (삼성동, 강남파이낸스플라자)
이메일	ofansnovel@naver.com

KIMI NO SENSEI DEMO HIROIN NI NAREMASUKA? Vol.3

Edited by 전격 문고
First published in Japan in 2024 by KADOKAWA CORPORATION, Tokyo.
Korean translation rights arranged with KADOKAWA CORPORATION, Tokyo.

ISBN 979-11-7577-081-2 (04830)
ISBN 979-11-94293-86-6 (세트)

오팬스노벨은 ㈜오팬하우스의 출판 브랜드입니다.